깊이에의 강요

Drei Geschichten
und eine Betrachtung
깊이에의 강요

파트리크 쥐스킨트 지음 김인순 옮김

이 책은 실로 꿰매어 제본하는 정통적인 사철 방식으로 만들어졌습니다.
사철 방식으로 제본된 책은 오랫동안 보관해도 손상되지 않습니다.

깊이에의 강요

소묘를 뛰어나게 잘 그리는 슈투트가르트 출신의 젊은 여인이 초대 전시회에서 어느 평론가에게 이런 말을 들었다. 그는 악의적 의도는 없었고, 그녀를 북돋아 줄 생각이었다.

「당신 작품은 재능이 있고 마음에 와 닿습니다. 그러나 당신에게는 아직 깊이가 부족합니다.」

평론가의 말을 이해할 수 없었던 젊은 여인은 그의 논평을 곧 잊어버렸다. 그러나 이틀 후 바로 그 평론가의 비평이 신문에 실렸다. 〈그 젊은 화가는 뛰어난 재능을 가지고 있고, 그녀의 작품들은 첫눈에 많은 호감을 불러일으킨다. 그러나 그것들은 애석하게도 깊이가 없다.〉

젊은 여인은 골똘히 생각하기 시작했다. 그녀는 자신이 그린 소묘를 들여다보고 낡은 화첩을 뒤적거렸다. 완성된 작품뿐 아니라 아직 작업 중인 것들까지 전부 유심히 살펴보았다. 그러고는 물감 통의 뚜껑을 닫고 붓을 씻은 다음 산책하러 나갔다.

그날 저녁 그녀는 초대를 받았다. 사람들은 비평을 외우고나 있는 듯이 그림들이 첫눈에 일깨우는 호감과 많은 재능에 관해 연신 말을 꺼냈다. 그러나 주의 깊게 귀를 기울여 들으면 뒤편에서 나지막이 주고받는 소리와 등을 돌리고 있는 사람들이 하는 말을 젊은 여인은 들을 수 있었다.

「그녀에게는 깊이가 없어요. 사실이에요. 나쁘지는 않은데, 애석하게 깊이가 없어요.」

그다음 주 내내 그녀는 전혀 그림에 손을 대지 않았다. 말 없이 집 안에 앉아 멍하니 생각에 잠겨 있는 그녀의 머릿속에는 오로지 한 가지 생각뿐이었다. 그것은 깊은 바닷속에 사는 무지막지한 오징어처럼 나머지 모든 생각에 꼭 달라붙어 삼켜 버렸다. 〈왜 나는 깊이가 없을까?〉

두 번째 주 그녀는 다시 그림을 그리려 시도했다. 그러나 어설픈 구상이 고작이었고, 때로는 줄 하나 긋지 못하는 적도 있었다. 마침내는 온몸이 떨려 붓을 물감 통에 집어넣을 수조차 없었다. 그러자 그녀는 울음을 터뜨리면서 소리 질렀다.

「그래 맞아, 나는 깊이가 없어!」

세 번째 주 그녀는 미술 서적을 세심히 들여다보고 다른 화가들의 작품을 연구하고 화랑과 박물관들을 두루 돌아다니기 시작했다. 미술 이론에 관련된 서적들도 읽었다. 그러고는 서점에 가서 점원에게 가지고 있는 가장 깊이 있는 책을 요구했다. 그녀는 비트겐슈타인인가 하는 사람의 책을 받아 들었지만, 그것으로 무엇을 해야 할지 알 수 없었다.

시립 박물관에서 개최된 전시회 「유럽 소묘 500년」에서 그녀는 미술 교사가 인솔하는 학생들을 따라갔다. 레오나르도 다빈치의 그림 앞에서 불쑥 앞으로 나선 그녀는 물었다.

「실례지만, 이 그림에 깊이가 있는지 말씀해 주시겠어요?」

미술 교사는 그녀를 보고 비죽이 웃으면서 말했다.

「나를 놀리실 생각이라면, 그보다는 더 나은 것을 생각하셔야죠, 부인.」

학생들이 깔깔대며 웃었다. 젊은 여인은 집으로 가서 몹시 비통하게 울었다.

젊은 여인은 점점 이상해져 갔다. 화실을 비운 적은 거의 없지만 그림을 그리지는 않았다. 깨어 있기 위해 약을 먹으면서, 무엇 때문에 깨어 있어야 하는지 알지 못했다. 그리고 피곤해지면 의자에 앉은 채 잠이 들었다. 잠이 깊이 들까 두려워 침대에 눕기를 꺼렸기 때문이다. 술을 마시기 시작했고, 밤새도록 불을 켜 두었다. 그림은 더 이상 그리지 않았다. 미술품 상인이 베를린에서 전화를 걸어 그림 몇 장을 청했을 때, 그녀는 전화에 대고 소리쳤다.

「나를 내버려 두란 말이에요! 나는 깊이가 없어요!」

간혹 점토를 반죽할 때도 있었지만 특별히 무엇을 만들지는 않았다. 그저 손가락 끝으로 후비거나 작은 경단을 빚었을 뿐이다. 그녀의 외모는 피폐해져 갔다. 옷차림에 전혀 신경 쓰지 않았고, 집은 손질하지 않아 쇠락해 갔다.

그녀의 친구들이 걱정을 했다. 그들은 말했다.

「그녀를 돌봐 주어야겠어. 그녀는 위기에 빠져 있어. 인간적 위기이거나 그녀의 천성이 예술적인 것 같아. 아니면 경제적 위기일 수도 있어. 첫 번째 경우라면 어떻게 해볼 도리가 없고, 두 번째 경우는 그녀 자신이 극복할 문제야. 세 번째라면 우리가 그녀를 위한 모임을 열 수 있을 거야. 하지만 그녀에게는 고통스러운 일일지도 몰라.」

그래서 그들은 식사나 파티에 그녀를 초대하는 것으로 그쳤다. 그녀는 매번 작업해야 한다는 이유로 거절했다. 그러나 그림은 전혀 그리지 않고 방 안에 앉아 우두커니 앞을 응시하거나 점토를 주물럭거렸다.

한번은 자신에게 너무 절망하여 초대를 받아들인 적이 있었다. 그녀를 마음에 들어 한 어떤 젊은이가 잠자리를 같이하기 위해 그녀를 집으로 데려가려 했다. 자신도 그가 마음에 들었으니 원한다면 그렇게 하라고 그녀는 말했다. 그러나 자신에게는 깊이가 없으니 각오하라는 말을 덧붙였다. 그 말을 들은 젊은 남자는 단념했다.

한때 그렇게 그림을 잘 그렸던 젊은 여인은 순식간에 영락했다. 그녀는 외출도 하지 않고 방문도 받지 않았다. 운동 부족으로 몸은 비대해졌으며, 알코올과 약물 복용 때문에 유달리 빠르게 늙어 갔다. 집 안 여기저기 곰팡이가 슬기 시작했고, 그녀에게서는 시큼한 냄새가 났다.

그녀는 3만 마르크를 상속받았었는데, 그것으로 3년을 살았다. 이 시기에 한번 나폴리로 여행을 갔었다. 어떤 상황이었는지 아는 사람이 아무도 없다. 그녀에게 말을 건 사람은 무슨 말인지 도통 알아들을 수 없이 웅얼거리는 소리만을 들었다.

돈이 떨어지자, 그녀는 자신이 그린 그림들을 전부 구멍내고 갈기갈기 찢었다. 그러고는 텔레비전 방송탑으로 올라가 139미터 아래로 뛰어내렸다. 그러나 이날 바람이 몹시 거세게 불어서 그녀는 탑 아래 타르로 포장된 광장에 떨어져 으스러지지 않고, 넓은 귀리밭을 가로질러 숲 가장자리까지 날려 가 전나무 숲속으로 떨어졌다. 그런데도 그녀는 즉사했다.

주로 스캔들을 상세하게 보도하는 대중지들이 감지덕지 그 사건에 덤벼들었다. 자살 사건, 바람에 날려 간 흥미로운 경로, 한때 전도양양했고 미모도 뛰어났던 여류 화가의 이야기라는 사실은 보도할 가치가 아주 높았다. 그녀의 집은 재앙이 휩쓸고 지나간 것처럼 보였으며 기자들은 환상적인 사진을 찍을 수 있었다. 널려 있는 수없이 많은 빈 병, 여기저기 파괴의 흔적, 갈기갈기 찢겨 나간 그림들, 벽면 어디를 둘러봐도 점토 덩어리, 심지어 방구석에는 배설물도 있었다! 사람들은 그 사건을 두 번째 톱기사로 다루는 모험을 감행했으며, 그것도 모자라 3면에 계속해서 기사를 다뤘다.

앞에서 말한 평론가는 젊은 여인이 그렇게 끔찍하게 삶을 마감한 것에 대해 당혹감을 표현하는 단평을 문예란에 기고했다. 〈거듭〉이라고 그는 썼다.

〈뛰어난 재능을 가진 젊은 사람이 상황을 이겨 낼 힘을 기르지 못한 것을 다 같이 지켜보아야 하다니, 이것은 남아 있는 우리 모두에게 다시 한번 충격적인 사건이다. 무엇보다도 인간적 관심과 예술 분야에서의 사려 깊은 동반이 문제되는 경우에는, 국가 차원의 장려와 개인의 의욕만으로는 충분하지 않다. 그러나 결국 비극적 종말의 씨앗은 개인적인 것에 있었던 듯하다. 소박하게 보이는 그녀의 초기 작품들에서 이미 충격적 분열이 나타나고 있지 않은가? 사명감을 위해 고집스럽게 조합하는 기교에서, 이리저리 비틀고 집요하게 파고듦과 동시에 지극히 감정적이고 분명 헛될 수밖에 없는 자기 자신에 대한 피조물의 반항을 읽을 수 있지 않은가? 숙명적인, 아니 무자비하다고 말하고 싶은 그 깊이에의 강요를?〉

승부

대부분의 사람들이 자리를 뜬 8월의 어느 날 초저녁, 뤽상부르 공원의 서북쪽 구석에 위치한 정자에서 두 남자가 체스판을 사이에 두고 마주 앉아 있었다. 족히 열 명은 넘는 구경꾼들이 긴장한 표정으로 관심 있게 체스 게임을 주시하고 있었다. 저녁 식사 전 입맛을 돋우기 위해 술 한잔 마실 시간이 가까워졌는데도, 승부가 결판나기 전에는 이 구경거리를 포기하려는 사람이 없었다.

　모여 있는 사람들의 관심은 도전자, 창백한 얼굴에 권태롭다는 듯이 냉담한 눈빛을 하고 있는 검은 눈동자, 검은 머리의 젊은 남자에게 쏠려 있었다. 그는 한마디도 말하지 않았다. 표정의 변화가 전혀 없었으며, 이따금 불붙이지 않은 담배를 이리저리 손가락 사이로 굴렸다. 전반적으로 풍기는 인상은 무관심, 바로 그 자체였다. 그 남자에 관해 아는 사람은 아무도 없었다. 지금까지 그가 체스 두는 것을 본 사람도 없었다. 그런데도 창백하고 냉담한 표정으로 말없이 체스판에 앉아 말을 배열하기 시작하는 순간부터 그에게서는 강한힘이 발산되었다. 그를 보고 있는 사람들은 위대한 천재적재능을 타고난 비범한 인물을 대하고 있다는 거역할 수 없는확신에 압도되었다. 그것은 그 젊은이의 매력적이면서도 가까이 다가갈 수 없는 외모, 우아한 옷차림, 아름다운 몸매 때문이었을까? 아니면 그의 거동에 깃들여 있는 침착성과 자신감 때문이었을까? 그를 에워싸고 있는 특별한 낯선 분위기 탓일 수도 있다. 어쨌든 첫 번째 폰[1]이 움직이기도 전에구경꾼들은 이 남자가 모두들 은근히 바라 온 기적, 그 동네의 체스 고수를 격파하는 기적을 일으킬 최고의 체스꾼이라는 사실을 믿어 의심하지 않았다.

이 체스 고수, 일흔 살 가량의 적잖이 비열하고 왜소한 남자는 모든 점에서 젊은 도전자와 정반대였다. 그는 프랑스퇴직자들이 입는 제복, 여기저기 음식물 자국이 배어 있는푸른색 바지와 모직 조끼를 입고 있었다. 떨리는 손에는 검버섯이 피어 있었고, 숱이 적은 머리와 포도주색의 붉은 코그리고 얼굴에는 자줏빛 혈관이 불거져 있었다. 수염마저 깎지 않아 텁수룩한 모습에 눈 씻고 보아도 은근한 분위기라고는 찾아볼 수가 없었다. 그는 신경질적으로 담배꽁초를 푹푹빨아 내뿜었으며, 공원 벤치에 앉아 불안하게 몸을 이리저리뒤척이고 미심쩍다는 듯 쉴 새 없이 머리를 흔들었다. 구경

1 pawn. 장기의 졸에 해당하는 말.

하는 사람들은 그를 아주 잘 알고 있었다. 다들 그와 체스를 둔 적이 있었으며, 모두가 번번이 그에게 진 경험이 있었다. 천재적인 체스꾼은 결코 아니었는데도, 그는 상대방을 지치게 하는, 그래서 분개하게 하고 증오심을 품게 하는, 결코 실수하지 않는 특성을 가지고 있었다. 아주 사소한 부주의조차 그에게는 기대할 수 없었다. 그를 이기기 위해서는 실제로 그보다 체스를 더 잘 두는 수밖에 없었다. 그런데 오늘 그런 일이 일어날 거라고 사람들은 예감했다. 저 늙은 고수를 속일 수 있는 — 이 무슨 말도 안 되는 소리를 — 단숨에 박살 내고 쳐부수고 능멸하여 마침내 패배의 쓴맛을 보게 해줄 새로운 대가가 나타났다고 사람들은 생각했다. 그것은 많은 사람들이 당한 패배에 앙갚음을 해줄 것이다!

「정신 차리게, 장!」

체스를 시작하기 위해 말을 배열하는 동안 그들은 소리쳤다.

「이번에는 자네가 끌려들어 갈걸! 이 사람은 이기지 못할걸세, 장! 주의하게, 오늘은 워털루 전투의 날이라네!」

「나 원 참, 나 원 참……」

노인은 대꾸하면서 고개를 흔들고 머뭇머뭇 자신의 백색 폰을 앞으로 움직였다.

흑색 말을 쥔 낯선 젊은이가 둘 차례가 되자 주변이 일순 조용해졌다. 감히 그에게 말을 걸려는 사람은 없었다. 그들은 말없이 체스판에 붙어 앉아 도도한 시선을 말에 고정시킨

채 손가락 사이로 불붙이지 않은 담배를 굴리면서 자기 차례가 되면 민첩하고 확실한 동작으로 체스를 두는 그 젊은이를 주의 깊게 조심조심 눈으로 따라갔다.

처음 몇 수는 평범하게 진행되었다. 그런 다음 두 번 서로 폰을 교환했고, 그 결과는 흑이 폰 두 개를 맨 앞줄에 앞뒤로 배열하는 것으로 끝났다. 보통의 시각에서 볼 때 그것은 결코 유리한 행마법이 아니었다. 그러나 낯선 이는 다음번에 퀸[2]이 앞으로 나갈 수 있는 길을 터주기 위해 일부러 그런 상황을 자초한 것이 분명했다. 보아하니 이어진 폰의 희생 역시 이런 목적을 위한 것이었다. 일종의 때늦은 갬비트[3], 즉 폰을 하나 희생시켜 상황을 유리하게 이끌어 보자는 속셈이었다. 백은 주저하면서, 거의 두려움에 가까운 몸짓으로 응수했다. 구경꾼들은 의미 있는 시선을 주고받으면서 신중하게 고개를 끄덕이고는 잔뜩 긴장한 눈빛으로 낯선 젊은이를 주시했다.

그는 한순간에 굴리던 담배를 멈추고 손을 들어 앞쪽으로 내밀었다. 그리고는 정말로 퀸을 움직였다! 그것을 멀리, 적진 깊숙이 이동시킨다. 퀸의 이동은 마치 싸움터를 둘로 갈라놓은 것 같았다. 감탄의 표시로 헛기침 소리가 일제히 새어 나왔다. 그 얼마나 놀라운 수인가! 그 얼마나 놀라운 돌진

2 여왕. 체스에서는 〈킹〉의 참모였으나 체스가 유럽에 전해지면서 여왕으로 바뀌었다. 퀸은 가장 강한 말로 공격과 수비에 적극 활용된다.
3 gambit. 체스에서 유리한 상황을 이끌기 위해 폰 등을 희생시키면서 두는 첫수.

인가! 그렇다, 그가 퀸을 움직이리라는 것은 예상했었다. 그러나 곧바로 그렇게 멀리 움직이다니! 구경하는 사람들 — 너나없이 체스를 잘 아는 사람들이었다 — 중 그렇게 과감하게 말을 움직이는 사람은 없을 것이다. 그러나 진정한 대가는 그렇게 하는 법이다. 진정한 대가는 과감하게 모험적으로 그리고 독창적으로 체스를 둔다. 그것이 평범한 체스꾼들과 전적으로 다른 점이다. 그러니 평범한 체스꾼인 그들로서는 대가의 수를 일일이 상세하게 이해할 필요가 없었다. 사실…… 사람들은 퀸이 지금 있는 위치에서 무엇을 할 것인지 전혀 이해하지 못했다. 그것은 결정적인 위협은 가하지 않고 자기 진영의 엄호를 받고 있는 말들만을 공격했다. 그러나 이 수의 목적과 심오한 의미가 곧 드러나겠지, 대가에게는 자신만의 계획이 있겠지. 그 점은 확실했다. 사람들은 미동 없는 그의 표정과 자신감 넘치는 침착한 손에서 그것을 인식했다. 퀸을 이렇게 파격적으로 움직인 지금, 쉽사리 다시 만나기 어려운 천재가 여기 체스판에 앉아 있다는 것을 의심하는 구경꾼은 없었다. 악의적인 동정이 노회한 고수 장에게 쏟아졌다. 이렇게 원초적인 열정에 그가 어떻게 대처할 것인가? 그러나 사람들은 그가 어떤 사람인지 잘 알았다! 그는 필경 조금씩 조금씩 이 궁지를 모면하려 들 것이다. 조심스럽게 질질 끌면서 조금씩 조금씩……. 꽤 오래 망설이고 이리저리 따진 후 장은 퀸을 멀리까지 진출시킨 것에 걸맞은 대범함으로 응수하는 대신, 흑의 퀸이 앞으로 돌진하자 무방

비 상태가 된 H4의 시시한 폰을 쳤다.

젊은이는 재차 폰을 잃고도 눈 하나 깜짝 하지 않았다. 그는 조금의 망설임도 없이 자신의 퀸을 오른편으로 옮겨 적의 전투 대열 심장부로 뚫고 들어가 진을 쳤다. 이곳에서 그것은 동시에 장교 둘 ― 나이트와 룩⁴ 각기 하나씩 ― 을 공격하는 데에 그치지 않고 위협적으로 킹 근처에까지 진출할 수 있다. 구경꾼들의 눈에 감탄의 빛이 반짝였다. 이 흑은 얼마나 대담한 녀석인가! 이 얼마나 용기 있는 행동인가!

「전문가.」

중얼거리는 소리가 들린다.

「세계 최고의 대가, 체스의 사라사테!⁵」

그러고는 장의 응수를 초조하게 기다린다. 무엇보다도 흑의 다음 수가 보고 싶어 초조한 것이다.

장은 망설였다. 그는 생각하고 머리를 짜내고 의자에 앉아 이리저리 몸을 비틀고 경련하듯 머리를 움직였다. 그런 그를 바라보는 것은 고통이었다. 자, 이제 말을 움직이라고, 장! 사건의 피할 수 없는 흐름을 더 이상 미루지 말고 말을 움직이라니까!

장은 말을 움직인다. 마침내. 떨리는 손으로 퀸의 공격에서 벗어날 뿐 아니라 자신 편에서 퀸을 공격하고 룩을 엄호

---

4 나이트knight는 〈기사〉를 뜻하며, 말의 머리 모양을 하고 있다. 룩rook은 가로와 세로로 달리는 말로 장기의 차(車)에 해당한다.
5 Pablo de Sarasate(1844~1908). 에스파냐 태생의 프랑스 작곡가이자 바이올린 연주자로 아름다운 음색과 기교적 연주로 유명하다.

할 수 있는 곳에 나이트를 내려놓는다. 하긴, 나쁜 수는 아니
야. 이렇게 곤란한 상황에서 이 수 말고 다른 도리가 있을까?
여기 서 있는 우리들도 모두 그렇게 두었을 거야.

「그렇지만 전혀 도움이 안 될걸!」

속삭이는 소리가 들렸다.

「혹은 벌써 그 점을 예상했거든!」

왜냐하면 벌써 흑을 쥔 손이 잽싸게 매처럼 날아가 퀸을
들고 뒤로…… 아니다! 우리라면 분명 소심하게 뒤로 후퇴
시켰을 말을 오른편으로 한 칸 더 전진시킨다! 믿어지지 않
는 일이다! 감탄한 나머지 사람들의 몸이 뻣뻣하게 굳었다.
그 수가 무슨 도움이 되는지 사실 이해하는 사람은 없었다.
이제 퀸은 싸움터 한쪽에서 위협하는 것도 엄호하는 것도 없
이, 전혀 의미 없이 서 있었기 때문이다. 그러나 그것은 아름
답게, 어처구니없을 정도로 아름답게 서 있었다. 그렇게 아
름답게, 적들이 늘어서 있는 한가운데서 고독하고 도도하게
서 있었던 퀸은 일찍이 없었다. 장 역시 자신의 무서운 적수
가 이 수로 무엇을 노리는 것인지, 어떤 함정으로 자신을 유
혹하려는지 파악하지 못했다. 오래 심사숙고한 끝에 조금은
안쓰러운 마음으로, 그는 거듭 무방비 상태에 있는 폰을 치
기로 결심했다. 이제 그는 흑보다 폰이 세 개나 많은 유리한
상황에 있었다. 구경꾼들은 헤아려 보았다. 그러나 그것이
무슨 소용이 있겠는가! 보아하니 전술적으로 사고하는 것이
분명하고, 말 몇 개보다는 상황과 전세, 아주 갑작스럽고 번

개처럼 빠른 일격을 중요시하는 적수에게 수적으로 좀 많다고 해서 무슨 도움이 되겠는가? 조심하게, 장! 다음 수에는 자네 킹이 쓰러질 텐데도 자네는 폰이나 뒤쫓고 있구먼!

흑이 둘 차례였다. 낯선 젊은이는 유유히 손가락 사이로 담배를 굴렸다. 이번에는 다른 때보다 좀 더 오래 생각했다, 1분 아니면 2분 정도. 적막이 감돌았다. 서 있는 사람들 중 감히 속삭이려 드는 사람도, 체스판을 보는 사람도 거의 없다. 모두들 긴장해서 젊은이와 그의 손, 그의 창백한 얼굴을 뚫어져라 응시하고 있었다. 그의 입술 가장자리에 벌써 희미한 승리의 미소가 보이지 않는가? 중대한 결심을 알리는 콧날의 가벼운 씰룩거림이 눈에 뜨이지 않는가? 다음 수는 무엇일까? 대가는 어떤 치명적인 일격을 준비하고 있는 것일까?

그때 담배 굴리던 손이 멈추고, 낯선 이가 몸을 앞으로 숙였다. 수십 개의 눈동자가 그의 손을 뒤따랐다.

그의 수는 무엇일까? 그의 수는 무엇일까? 그는 G7의 폰을 — 누가 그런 생각을 했을 것인가! G7의 폰이라니 — G7의 폰을 집어⋯⋯ G6에 놓았다!

숨소리 하나 들리지 않는 침묵의 1초가 흐른다. 늙은 장조차 한순간 몸을 떨고 비트는 것을 중지한다. 다음 순간 구경꾼들 사이에서는 환호성이라도 터질 것 같다! 사람들은 죽이고 있던 숨을 내쉬고 팔꿈치로 옆 사람의 옆구리를 찔렀다. 자네들 그것 보았는가? 얼마나 노련한 녀석인가! 그렇다니까! 퀸은 퀸대로 내버려 두고 간단히 이 폰을 G6로 옮기다니! 물론 그것은 비숍[6]을 위해 G7을 비우기 위한 수라고, 그것만큼은 확실하지. 그다음 수에서 그는 체크[7]를 부르고, 그다음에는…… 그다음은 어떻게 되지? 그다음에는? 글쎄, 어쨌든 이러저러해서 장을 간단히 해치운다, 이 말씀이지. 그것만은 확실하다고. 저 사람 생각하느라고 녹초가 된 모습 좀 한번 보게나!

그리고 실제로 장은 생각하고 있다. 한없이 오래오래 생각했다. 그 남자의 상황은 절망적이었다! 이따금 그의 손이 앞을 향해 움찔했다. 그리고는 다시 움츠러들었다. 이제 시작하라고! 그만 말을 두어야지, 장! 우리는 대가의 체스를 보고 싶다네!

마침내 5분이라는 긴 시간이 지난 후, 사람들은 발로 땅을 비비대고 있었다. 장은 용기를 내어 말을 옮겼다. 그는 퀸을 공격한다. 폰 하나로 흑의 퀸을 공격하는 것이었다. 이 질질 끄는 수로 자신의 운명을 벗어나려 하다니, 얼마나 유치한 행동인가! 흑은 퀸을 두 칸 정도 뒤로 후퇴시키기만 하면 되는데. 그러면 변하는 것은 없다고. 자네는 끝장일세, 장! 이제 아무 생각도 안 날 걸세, 자네는 끝장이라고…….

흑이 손을 내뻗었다. 자, 보라고 장. 저 사람은 길게 생각

---

6 *bishop*. 체스에서 말의 하나. 주교의 모자를 본떠 만든 것으로 비스듬히 사방으로 움직일 수 있다.
7 장기의 〈장군〉에 해당하는 말로 상대방 킹에게 〈다음에 잡을 것〉이라며 공격하는 수.

할 것도 없다고, 이제 연거푸 공격이 잇따를 걸세! 흑이 손을 뻗쳤다. 한순간 모든 사람의 심장이 일제히 멎었다. 모든 예측과는 반대로 흑이 폰의 가소로운 공격에서 벗어나기 위해 퀸을 붙잡지 않았기 때문이다. 흑은 이미 원래 의도했던 계획을 실행에 옮겨 비숍을 G7에 놓았다.

그들은 당황하여 그를 주시했다. 외경심에서 그러는 것처럼 모두들 반걸음 뒤로 물러나 당혹스런 표정으로 그를 바라보았다. 퀸을 희생시키고 비숍을 G7에 두다니! 모든 것을 다 알면서 표정 하나 변하지 않고 그렇게 한 것이었다. 그는 태연하고 도도하게 앉아 있었다. 그런 그의 모습은 창백하면서 냉담하고 아름다웠다. 그 순간 그들의 눈은 촉촉이 젖어들고 심장은 따스해졌다. 자신들은 원하면서도 결코 행동으로 옮기지 못하는, 그런 체스를 실제로 그가 두고 있지 않은가. 그가 왜 그렇게 두는지는 이해할 수 없었다. 그런 것은 아무래도 상관없었다. 그가 자살하듯이 모험적으로 두고 있는 것을 어쩌면 그들은 예감하고 있는지도 모른다. 그런데도 그들은 자신들도 장과는 달리 그 젊은이가 하듯이, 당당하게 승리를 확신하면서 둘 수 있기를 바랐다. 나폴레옹처럼 말이다. 소심하게 망설이면서 두는 장의 체스를 그들은 잘 알고 있었다. 그들 자신도 그와 별반 다르지 않기 때문이다. 다만 그가 좀 나을 뿐이었다. 장의 체스는 이성적이었다. 차근차근 정석대로 두어, 진을 뺄 정도로 진부하기 짝이 없었다. 반대로 흑은 한 수 한 수를 둘 때마다 기적을 일으켰다. 오로지 비숍을 G7에 놓기 위해 퀸을 희생시키다니. 그런 것을 언제 본 적이 있었던가? 그들은 이런 행동 앞에서 마음 깊이 감동했다. 그는 자신이 원하는 대로 둘 것이다. 그리고 기쁘거나 괴롭거나 그들은 한 발 한 발 끝까지 그를 따를 것이다. 지금 그는 그들의 영웅이고, 그들은 그를 사랑했다.

적수인 장, 냉정한 체스꾼 장조차 퀸을 치기 위해 떨리는 손으로 폰을 움직일 때, 찬란히 빛나는 영웅 앞에서 겁먹은 것처럼 망설인다. 그리고는 나지막한 소리로 사죄하듯이, 거의 부탁조로 자신에게 이러한 행동을 강요하지 말라고 말한다.

「선생님, 당신이 제게 그것을 주신다면…… 저로서는 이렇게 할 수밖에 없습니다. 이럴 수밖에.」

그는 적에게 간청의 눈빛을 던진다. 이 사람은 돌처럼 차가운 표정으로 앉아서 대답하지 않는다. 노인은 때려 부수고 분쇄하고 섬멸한다.

잠시 후 흑은 체크를 부른다. 백, 체크! 구경꾼들의 감동은 열광으로 바뀌었다. 퀸을 잃은 것은 이미 잊고 있었다. 그들은 일치단결하여 한마음으로 젊은 도전자와 그의 비숍 뒤에 서 있었다. 체크! 자신들도 그렇게 두었을 것이다! 한 치의 어긋남도 없이 똑같이! 체크! 상황을 냉정하게 분석해 보면, 백에게 방어할 수 있는 많은 수가 있다는 것을 물론 그들은 알 수 있었다. 그러나 이제 그런 것에 관심 있는 사람은 없었다. 그들은 냉정하게 분석하려 들지 않았다. 지금 그들에게는 빛나는 행위, 천재적인 공격, 적을 처치하는 위력적인 공격을 보고 싶은 일념뿐이었다. 그들에게 체스가 — 이 체스가 — 가진 의미와 유일한 관심사는, 낯선 젊은이가 승리하고 늙은 고수가 바닥에 고꾸라지는 장면을 보는 것뿐이었다.

장은 망설이면서 생각하고 또 생각한다. 자신에게는 누구도 땡전 한 푼 걸지 않을 거라는 것을 그는 잘 알고 있었다. 그러나 그 이유는 알지 못했다. 다른 사람들 — 모두들 노련한 체스꾼들이다 — 이 자신의 진영이 공고하고 안전하다는 것을 깨닫지 못하다니, 그는 이해할 수 없었다. 게다가 그에게는 퀸 말고도 폰이 셋이나 더 있다. 어떻게 그들은 자신이 질 거라고 믿고 있는 것일까? 그는 질 리가 없다! 그렇지만 아닌가? 자신이 착각하고 있는 것일까? 주의력이 약해진 걸까? 다른 사람들이 자신보다 더 잘 보고 있는 것일까? 그는 불안해졌다. 치명적인 함정이 숨어 있어 다음 수에 걸려들지도 몰랐다. 함정이 어디에 있는 걸까? 그것을 피해야 한다. 벗어나야 한다. 버틸 수 있을 때까지 버텨야 한다……

한층 더 신중하게 망설이고, 전보다 더 소심하게 체스 정석에 매달려 장은 이리저리 재보고 계산했다. 그리고는 흑의 비숍이 백 퀸의 공격권 안에 들도록, 나이트를 빼내 킹과 비숍 사이에 두기로 결심했다.

흑이 지체 없이 응답해 왔다. 흑은 차단된 공격을 중단하는 것이 아니라 원군을 파견했다. 그의 나이트가 공격받은 비숍을 엄호했다. 구경꾼들은 환호했다. 이제 연거푸 치고받는 싸움이 이어졌다. 백은 원병으로 비숍을 투입하고, 흑은 룩을 앞으로 쭉 뺐다. 백이 두 번째 나이트를, 흑이 두 번째 룩을 들이밀었다. 양 진영은 흑 비숍이 있는 주변에 병력을 집결시켰다. 비숍이 어찌할 바를 모르고 서 있는 칸이 싸움의 중심지가 된 것이다. 그 이유는 아무도 몰랐다. 그저 흑이 원하니까 그렇게 된 것이다. 흑이 병력을 증가시켜 새로운 장교를 투입할 때마다 구경꾼들은 드러내 놓고 큰 소리로 환호했다. 백이 어쩔 수 없이 방어하는 수를 둘 때는 매번 노골적인 불평이 터졌다. 그런 다음 흑이 또다시 체스의 일반적인 정석에서 벗어나 죽고 죽이는 수를 두기 시작했다. 병력이 약한 측에 그렇게 살벌한 난타전을 벌이면 승산이 없다고 보통 교본에서는 말한다. 그런데도 흑이 그것을 감행하자 구경꾼들은 환호성을 질렀다. 그러한 학살은 아직까지 체험해본 적이 없었다. 흑은 사정권 안에 들어 있는 것은 전부 가차없이 쓰러뜨렸다. 자신의 손실은 안중에도 없다. 폰들이 차례로 쓰러졌다. 노련한 구경꾼들의 미친 듯한 박수갈채를 받으면서, 나이트, 룩, 비숍 들이 차례차례 쓰러졌다……

일곱 번인가 여덟 번 말을 주고받은 후 체스판은 황폐해졌다. 싸움의 결과는 흑 측에 치명적으로 보였다. 흑에게 남아 있는 말은 세 개뿐으로, 킹과 룩 그리고 폰 하나가 전부였다. 그에 비해서 백은 아마겟돈[8]에서 킹과 룩 말고도 퀸과 폰

8 선과 악의 세력이 싸울 최후의 전쟁터. 팔레스타인의 도시 므깃도의 언

을 네 개나 더 구해 낼 수 있었다. 사실 이 상황을 이성적으로 관찰한 사람이라면, 이 판이 누구의 승리로 끝날 것인지 전혀 의심하지 않았을 것이다. 그리고 실제로…… 〈의심〉하는 사람은 없었다. 전과 다름없이 — 이겨야 한다는 열망에서 오는 흥분 때문에 붉게 달아오른 얼굴들에서 그것을 읽을 수 있다 — 파멸에 직면해서도 구경꾼들은 자신들의 남자가 승리할 것이라고 확신하고 있었다! 여전히 그들은 그에게 가진 것을 몽땅 걸고, 누가 그가 질지도 모른다는 불길한 암시를 보인다면 대뜸 대들 태세였다.

젊은이 역시 치명적인 상황에 전혀 동요하지 않는 것처럼 보였다. 그가 말을 둘 차례였다. 그는 침착하게 룩을 집어 한 칸 돌아 오른쪽으로 옮겼다. 또다시 주위에는 적막이 흘렀다. 체스를 두고 있는 사람의 천재성에 탄복하여 다 큰 남자들의 눈에 정말로 눈물이 고였다. 마치 이미 승패가 결정 난 전투에 황제가 친위군을 파견하는 워털루 전투의 최후와도 같았다. 혹은 단 하나 남은 장교로 또다시 공격을 감행했다!

백은 킹을 맨 앞줄 G1에 포진시키고 그 뒤쪽으로 두 번째 줄에 폰 세 개를 배치했었다. 그래서 흑이 다음번에 룩을 맨 앞줄까지 밀고 나갈 수만 있다면, 꼼짝 못하게 한 상태에서 킹을 치명적으로 위협할 수 있었다. 그리고 흑은 분명 그렇게 계획하고 있는 것 같았다.

적을 궁지에 몰아넣을 수 있는 이 가능성은 체스 게임의
덕이라는 뜻으로 『요한 계시록』에 나온다.

가능성 중에서도 누구나 잘 알고 있는 아주 진부한, 거의 유치하다고 말하고 싶은 것이었다. 오로지 적이 이 빤한 위험을 간파하지 못하고, 아무런 대책을 세우지 않는 경우에만 그것은 성공할 수 있다. 가장 효과적인 대책은 도열해 있는 폰의 사이를 떼어 놓아 킹에게 출구를 열어 주는 것이다. 노련한 체스꾼, 심지어는 이제 막 궤도에 오른 초보자라 해도 이런 속임수를 써 궁지에 몰아넣으려는 것은 생각 없다 못해 어리석은 짓이었다. 그러나 열광한 구경꾼들은 난생 처음 보는 것처럼 영웅의 수에 탄복하고, 너무도 놀란 나머지 고개를 절레절레 흔들었다. 물론, 백이 결정적인 실수를 저질러야만 흑이 성공을 거둘 수 있다는 것은 그들도 알고 있었다. 그런데 그런 일이 가능하다고 믿는 것이다. 실제로 장이, 자신들 모두를 패배시켰고 결코 약점을 드러내는 법이 없는 동네 고수 장이 그런 초보적인 실수를 범하리라고 굳게 믿고 있다. 아니 그 이상이다. 그들은 그렇게 되기를 바라고 갈구했다. 마음속으로 장이 이런 실수를 범했으면 하고 열렬히 기도했다.

장은 심사숙고했다. 신중하게 머리를 이리저리 흔들면서 습관대로 여러 가능성을 요모조모 따져 보았다. 그리고도 한 번 더 망설였다. 마침내 검버섯투성이의 떨리는 손을 앞으로 내밀어 G2의 폰을 집어 G3에 놓았다.

생쉴피스 종탑의 시계가 8시를 알렸다. 뤽상부르 공원의 다른 체스꾼들이 저녁 식사 전에 한잔하러 자리를 뜬 지 이미 오래고, 뮐레브레트[9]의 임대인 역시 벌써 오래전에 자리를 걷었다. 오로지 정자 한가운데에서 승부를 겨루고 있는 두 사람 주변에 한 무리의 구경꾼들이 서 있을 뿐이었다. 그들은 눈을 크게 뜨고 백의 시시한 폰이 흑 킹의 참패를 결정지은 체스판을 뚫어져라 바라보고 있었다. 여전히 그들은 그 사실을 믿으려 하지 않았다. 싸움터의 참담한 장면으로부터 사령관에게로 크게 뜬 눈을 돌렸다. 그는 창백하고 냉담한 표정으로 미동 없이 아름답게 공원 벤치에 앉아 있었다.

「자네는 지지 않았어.」

크게 뜬 눈들은 말했다.

「이제 자네가 기적을 일으킬 거야. 자네는 처음부터 이런 상황을 예견했었어, 아니 일부러 이렇게 만들었지. 이제 자네가 적을 물리칠 거야. 어떻게? 그야 우리들은 모르지. 우리들이 뭘 알겠나. 그저 단순한 체스꾼에 지나지 않는데. 기적을 일으킬 수 있는 마술사 양반, 자네는 해낼 수 있어, 자네라면 해내고말고. 우리를 실망시키지 말게! 우리는 자네를 믿네. 기적의 마술사 양반, 기적을 일으키게나, 기적을 일으켜 승리하게나!」

젊은이는 침묵을 지키고 앉아 있었다. 그리고는 담배를 엄지손가락에서 집게손가락과 가운뎃손가락 끝으로 굴려 입에 물었다. 담배에 불을 붙인 다음 한 모금 빨아들여 체스판 위로 연기를 내뿜었다. 그의 손이 연기 사이로 미끄러져

9 돌을 던져 하는 일종의 서양 주사위 놀이.

나가 한순간 흑의 킹 위에서 맴돌더니 그것을 쓰러뜨렸다.

자신이 졌다는 표시로 킹을 쓰러뜨리는 것은 아주 무례하고 상스러운 행동이었다. 뒤늦게 체스 게임을 전부 뒤엎는 거나 마찬가지였다. 그리고 쓰러진 킹은 체스판에 부딪히면서 흉물스런 소리를 냈다. 모든 체스꾼들의 폐부를 찌르는 소리였다.

경멸하듯이 킹을 손가락으로 쳐 쓰러뜨린 후 젊은이는 몸을 일으켰다. 그리고는 상대방이나 구경하고 있는 사람들에게 눈길 한번 돌리지 않고 인사도 없이 그 자리를 떠났다.

구경꾼들은 놀라기도 하고 부끄럽기도 해 어찌할 바를 모르고 체스판을 내려다보았다. 잠시 후 누군가가 헛기침을 하면서 발로 땅을 문지르고는 담배를 꺼냈다. 몇 시나 되었는가? 벌써 8시 15분이라고? 맙소사, 너무 늦었어! 또 보세! 잘 가게나, 장! 그들은 한두 마디 변명을 웅얼거리면서 서둘러 자리를 떴다.

동네의 체스 고수는 혼자 남았다. 그는 쓰러진 킹을 똑바로 세우고 작은 상자 속에 말들을 주워 담기 시작했다. 우선 섬멸당한 말들부터 챙기고 나서 체스판에 남아 있는 것들은 모아 담았다. 이 일을 하는 동안 늘 하는 습관대로, 그는 방금 둔 체스의 수 하나하나와 상황들을 다시 한번 머릿속에서 더듬어 보았다. 그는 단 한 번의 실수도 하지 않았다. 당연히 그랬다. 그런데도 지금까지 살아오면서 이렇게 졸렬하게 체스를 둔 적이 없다는 생각이 들었다. 상황으로 보아 초반에 벌써 상대방을 쓰러뜨려야 했다. 퀸을 희생시켜 갬비트를 두다니, 그렇게 시시한 수를 두는 사람은 체스의 문외한이 분명했다. 그러한 초보자라면 장은 기분에 따라 관대하거나 무자비하게, 어쨌든 자신에 대한 한 점 의혹 없이 단숨에 해치우곤 했다. 그러나 분명 이번만큼은 상대방의 진짜 약점을 탐지해 낼 수 없었다. 아니면 그가 비겁했던 것일까? 교만한 사기꾼을 그에 걸맞게 간단히 해치울 용기가 없었을까?

아니, 사실은 그보다 더 나빴다. 그는 상대방이 그렇게 비참할 정도로 형편없다는 생각을 하려 들지 않았다. 그리고 그보다 훨씬 더 나쁜 것은 승부가 거의 결판났을 때까지도, 자신이 그 미지의 남자와 결코 동등하지 않다고 믿으려 들었다. 그 남자의 자신감과 천재성 그리고 젊음에서 오는 후광을 그는 도저히 이길 수 없는 것이 아닐까 생각했었다. 그 때문에 그는 정도 이상으로 신중을 기해 체스를 두었다. 그뿐이 아니다. 아주 솔직하게 말하면, 자신도 다른 사람들과 마찬가지로 그 낯선 이에게 감탄했으며, 심지어는 그가 승리해서 가능한 한 인상적이고 천재적인 방법으로 몇 년 전부터 기다리고 기다려 온 참패를 마침내 자신, 장에게 안겨 주기를 바랐었다고 고백해야 했다. 그러면 마침내 그는 가장 뛰어난 사람으로 모든 사람을 물리쳐야 한다는 부담감에서 벗어났을 것이며, 마침내 구경하고 있던 악의에 찬 군상들, 이 시기심 넘치는 패거리들에게 만족을 안겨 주었을 것이다, 그리고 마침내 평온을 찾았을 것이다, 마침내…….

그러나 물론 그는 다시 승리했다. 그리고 이 승리는 그의 생애에서 가장 혐오스러운 것이었다. 그것을 피하기 위해 체스를 두는 동안 내내 자신을 부정하고 스스로를 낮추고 세상에서 가장 하찮은 풋내기 앞에서 무릎을 꿇었기 때문이다.

그, 장, 동네의 체스 고수는 대단한 도덕적 깨달음을 얻은 사람처럼 보이지는 않았다. 그러나 체스판을 팔에 끼고 체스말이 들어 있는 작은 상자를 손에 들고 집을 향해 터벅터벅 걷고 있는 지금, 자신이 오늘 실제로는 패배했다는 것만큼은 분명하게 알고 있었다. 그것은 복수할 기회도 없고 장차 찬란한 승리를 통해 보상할 수도 없기 때문에 끔찍한 결정적인 패배였다. 그래서 그는 — 평상시에 그는 위대한 결심을 하는 남자도 결코 아니었다 — 이것을 마지막으로 체스를 영영 그만 두기로 결심했다.

앞으로 그는 다른 퇴직자들처럼 불[10] 게임, 도덕적인 요구가 별로 없고 남에게 해가 되지 않는 사교적인 놀이를 할 것이다.

---

10 Boules. 금속 공을 작은 공 가까이로 굴리는 프랑스의 놀이.

장인(匠人) 뮈사르의 유언

뮈사르는 끊임없이 특이한 것을 발견하고자 열심이었으며, 이러한 생각에 너무 사로잡혀 있었다. 그래서 그의 이성에는 다행이라 할 수 없고 그를 소중하게 여기고 사랑한 친구들에게는 슬프게도, 아주 기이하고 참혹한 병의 모습으로 죽음이 찾아와 그를 앗아 가지 않았더라면, 그 생각들은 결국 그의 머릿속에서 하나의 체계로, 즉 엉뚱한 것으로 압축되었을 것이다.

장자크 루소의 『고백록』 중에서

길지 않은 이 글은 내 미지의 독자 그리고 진실을 보려는 용기와 그것을 참아 낼 수 있는 힘을 가진 후세들을 위한 것이다. 소인배들은 불 보듯이 내 말을 피할 것이다. 나는 듣기 좋은 말을 늘어놓으려는 것이 아니다. 생명을 지탱할 수 있는 시간이 얼마 남지 않았기에 나는 요점만 말해야 한다. 문장 하나 쓰는 데에도 초인적이라 할 수 있는 노력이 요구된다. 분명하게 깨달은 것과 알고 있는 내용을 후세에 전해야 한다는 내적인 숙명이 나를 움직이지 않는다면, 나로서는 감당할 수 없는 긴장이다.

내 병의 진짜 원인을 아는 사람은 나뿐이다. 의사들은 이병을 위장 마비라고 표현한다. 주요 증상으로 내 사지와 내부 기관 전체가 급속하게 마비되어 가고 있다. 병 때문에 베개에 몸을 지탱한 채, 나는 밤이고 낮이고 침대에 똑바로 앉아 있어야 한다. 그리고 이불 위에 놓여 있는 공책에 왼손으로 — 오른손은 전혀 움직일 수 없다 — 글을 쓰고 있다. 종이를 넘기는 일은 내 충실한 하인 마네가 맡아 하고 있다. 내유산을 돌보는 일도 그에게 위임했다. 3주일 전부터 나는 유동식만을 먹고 있다. 그런데 이틀 전부터는 물을 삼키는 것조차 실로 참을 수 없이 고통스럽다. 그렇다고 현재의 내 상태를 묘사하는 것으로 시간을 지체할 수는 없다. 아직 내게 힘이 남아 있다면, 내가 알아낸 발견을 알리는 데 몽땅 바쳐야 한다. 그 전에 나라는 사람에 대해 한마디 하겠다.

내 이름은 장자크 뮈사르이다. 나는 1687년 3월 12일 제

네바에서 태어났다. 아버지는 구두장이였다. 그와 달리 아주 일찍부터 나는 보다 고상한 수공업에의 소명이 내 안에서 움트는 것을 느끼고 금세공사에게 도제 수업을 받으러 갔다. 몇 년 후 나는 도제가 되는 시험을 치렀다. 도제 시험에 내가 제출한 작품은 — 운명의 조롱인가! — 황금 조개로 둘러싸인 루비였다. 2년에 걸쳐 알프스와 바다, 그 사이에 놓인 드넓은 육지를 두루 방랑한 끝에 나는 파리로 갔다. 그곳에서 베르들레가(街)에 있는 금세공사 장인 랑베르의 가게에서 일자리를 구했다. 장인 랑베르가 일찍 세상을 떠난 다음에는 그의 공방을 위임받아 운영했으며, 그 1년 후에는 그의 미망인과 결혼을 했고 그렇게 해서 장인 증서와 조합권을 획득할 수 있었다. 그 후 20년이라는 세월이 흐르는 동안 나는 베르들레가의 영세한 금세공사로부터 파리 시내 전역에서 가장 훌륭하고 명망 있는 보석상으로 성공할 수 있었다. 내 고객은 파리의 유력한 집안들과 나라 안의 훌륭한 가문들 그리고 왕의 아주 가까운 측근들이었다. 내가 만든 반지와 브로치, 장신구와 왕관들은 네덜란드, 영국, 독일 제국으로 팔려 나갔고, 많은 왕후들이 내 가게 문턱을 드나들었다. 내 사랑하는 아내가 세상을 뜨고 2년 후, 1733년 나는 오를레앙 공작의 궁중 보석 세공사로 임명되었다.

우리 사회 고상한 계층과의 교분은 내 정신적인 능력의 함양과 성격 형성에 상당한 영향을 미쳤다.

나는 다른 사람들과의 대화를 통해, 시간 나는 대로 틈틈

이 읽은 책을 통해 많은 것을 배웠다. 이렇게 해서 몇 십 년이 지나는 동안 학문, 문학, 예술과 라틴어의 포괄적이고 깊은 지식을 습득했으며, 상급 학교나 대학을 다닌 적이 전혀 없는데도 잘난 척하지 않고 나 자신을 박식한 사람이라고 말할 수 있었다. 나는 영향력 있는 살롱에 빠지지 않고 드나들었으며, 내 편에서 우리 시대의 가장 유명한 인사들을 손님으로 맞아들이기도 했다. 디드로, 콩디야크, 달랑베르가 우리 집 식탁에 앉았었다. 그리고 몇 년 넘게 볼테르와 주고받은 서신을 내 유산에서 발견할 수 있을 것이다. 비사교적인 루소조차 나는 내 친구라고 생각한다.

유명한 이름들을 늘어놓아, 이를테면 미래의 독자에게 — 독자가 존재한다면 말이다 — 깊은 인상을 주려고 이런 사실을 언급하는 것이 아니다. 그보다는 나중에 믿기 어려운 내 발견에 대한 견해를 밝혔을 때, 내게 쏟아질 비난, 우리 시대 학문의 상황과 철학에 대해 전혀 생각하는 것이 없기에 그 말을 진지하게 받아들일 필요가 없는 바보라는 비난에 단호하게 대처하기 위한 것이다. 앞에서 거명한 사람들은 내 정신의 분명함과 판단력에 대한 증인들이다. 그러니 나를 진지하게 받아들일 필요가 없다고 생각하는 사람들에게 내가 할 수 있는 말이라고는 이것뿐이다. 이 시대 가장 위대한 사람들이 자신들과 같은 사람이라고 여긴 사람을 부인한다면, 친구여, 그대는 누구인가!

공방을 확장하고 사업 규모를 늘린 덕택에 나는 경제적으로 부유해졌다. 그런데도 나이를 먹어 갈수록 금과 보석이 갖는 매력은 의미가 없어지고, 대신 서적과 학문을 더 높이 평가하게 되었다. 그래서 나는 예순 살이 되기 전에 사업에서 완전히 손을 떼고 수도의 분주한 생활로부터 멀리 떨어진 곳에서 한가로이 편안한 여생을 보내기로 결심했다. 그러고는 이 목적을 위해 파시 근교에 대지를 구입해 그곳에 커다란 저택을 짓게 하고, 온갖 종류의 관상수와 꽃밭, 과일나무가 있는 정원과 깨끗한 자갈길, 몇 개의 아기자기한 분수를 꾸미게 했다. 집과 정원은 튼튼한 회양목 울타리로 바깥세상과 분리되었으며, 조용하고 매혹적인 경관은 인생의 고난과 죽음 사이에서 휴식과 기쁨의 시간을 맛보려는 남자에게 적당한 장소로 보였다. 1742년 5월 22일 쉰다섯 살의 나이에 나는 파리에서 파시로 이사했으며, 새로운 거주지에 발을 들여놓았다.

오! 고요한 행복과 기쁨에 넘쳐 파시에 도착했던 그 봄날을 오늘 되돌아보면! 바쁘게 돌아가는 사업, 약속, 독촉과 걱정거리가 기다리는 아침에서 오는 압박 없이 평생 처음 가벼운 마음으로 잠자리에 들었던 그날 밤을 생각하면. 정원의 오리나무가 살랑거리는 소리만이 들려왔다. 그 얼마나 달콤하게 잠을 잤던가. 지금은 뻣뻣하게 굳은 몸을 지탱하고 있는 바로 이 베개를 베고! 그날을 저주할 것인지 아니면 축복해야 하는지 나는 알지 못한다. 그날 이후 나는 서서히 몰락의 길을 걸어 현재의 참담하기 그지없는 상태에 이르렀다.

그러나 또한 그날 이후로 진실, 우리의 삶과 우리가 살고 있는 세계, 전 우주의 처음과 흐름과 종말에 대한 진실이 나에게 한 조각 한 조각 모습을 드러낸 것도 사실이다. 진실의 얼굴은 소름 끼치고, 메두사의 머리처럼 그것을 본 사람은 죽음을 면할 수 없다. 그러나 우연이든 끊임없는 탐구의 결과이든 일단 그것에 이르는 길을 발견한 사람은, 휴식과 위로가 없어도, 아무도 고마워하는 사람이 없어도 그 길을 끝까지 가야 한다.

미지의 독자여! 이 글을 계속 읽기 전에 이 자리에서 잠시 멈추고 그대 자신을 시험해 보라! 그대는 더없이 무서운 일에 귀 기울일 수 있을 만큼 충분히 강한가? 내가 그대에게 말하는 것은 일찍이 들어 보지 못한 것이며, 내 말을 듣고 그대의 눈이 일단 뜨이게 되면 새로운 세계를 보는 대신 옛 세계는 더 이상 보이지 않을 것이다. 그러나 이 새로운 세계는 흉측하고, 가슴을 내리누르고 압박할 것이다. 그대에게 무슨 희망이 남아 있으리라고는 기대하지 말라. 진실을 알게 되었으며 이 진실이 최후의 진실이라는 위안 말고는 어떤 위안도 출구도 기대하지 말라. 진실이 두렵거든 읽는 것을 그만두어라! 최후의 진실에 공포를 느낀다면 이 글을 치워 버려라! 마음의 평화가 소중하게 생각되면 내가 하는 말에서 도망쳐라! 무지는 수치가 아니며, 오히려 사람들 대부분은 행복으로 여긴다. 그리고 사실 이 세상에서 가능한 유일한 행복은 그것뿐이다. 행복을 경솔하게 버리지 말라!

이제 내가 말하는 것을 그대는 결코 잊지 못할 것이다. 나 스스로 분명하게 깨닫기 전에 이미 알았던 것처럼, 그대 역시 마음속 깊은 곳에서는 항상 그것을 알고 있기 때문이다. 다만 그것을 고백하고 말로 표현하기를 거부했을 뿐이다. 〈나는 말한다. 세계는 무자비하게 닫히는 조개이다.〉

그대는 거부하는가? 이 깨달음에 저항하는가? 그렇다고 놀라운 일은 아니다. 그대가 한 번에 다 내딛기에는 너무 큰 걸음이었다. 해묵은 안개가 너무 짙게 깔려 있어 밝은 빛 하나로는 그것을 몰아내기에 충분치 않다. 우리는 수백 개의 작은 불빛을 밝혀야 한다. 그래서 그대에게 내 이야기를 들려주고, 내가 서서히 깨달은 것을 이렇게 그대와 함께하려는 것이다.

새로 지은 집을 둘러싸고 있는 정원에 대해서는 이미 이야기했다. 사실 그것은 많은 희귀한 화초와 관상수 그리고 나무들로 뒤덮인 작은 공원이었다. 그곳에 나는 무엇보다도 수수한 장미를 심게 했다. 옛적부터 활짝 핀 장미를 보면 내 마음이 진정되고 위로받았기 때문이다. 정원을 꾸미면서 세세한 부분은 임의로 할 수 있었던 정원사는 서쪽을 향한 응접실 앞에도 작은 화단을 만들어 장미를 심었다. 그 성실한 남자는 나를 기쁘게 하고 싶었던 모양이다. 그러나 아무리 장미를 좋아하더라도 온통 장미로 둘러싸여 압박받고 싶지는 않다는 것을 그는 눈치채지 못했다. 마찬가지로 화단과 더불어 인류사 최후의 새로운 시대가 도래할 것이라는 것도 그는 전혀 예감할 수 없었다. 장미는 전혀 자라지 않았다. 줄기들은 형편없이 작았고, 부지런히 물을 주었는데도 많은 것이 말라 죽었다. 나머지 다른 정원의 꽃들이 아름답게 꽃을 피울 때도 응접실 앞의 장미들은 꽃봉오리조차 맺지 못했다. 나는 정원사와 의논했다. 그는 화단을 전부 뒤집어엎고 새로운 흙으로 채운 다음 다시 꽃을 심는 도리밖에 없다고 말했다. 이 방법은 너무 수선스럽게 여겨졌다. 내심 장미가 너무 가까이 있는 것이 마음에 들지 않았던 나는 화단을 전부 없애고 그 자리에 작은 테라스를 설치하면 어떨까 생각했다. 응접실 문을 나서 테라스에서 정원을 둘러볼 수 있고, 저녁에는 태양이 지는 아름다운 광경에도 감탄할 수 있을 것이다. 이 생각은 나를 사로잡았고, 나는 내 손으로 직접 실행에 옮기기로 결심했다.

땅을 평평하게 다지기 위한 기초 작업으로서 나중에 자갈과 모래를 채워 넣을 요량으로, 나는 장미 줄기를 걷어 낸 다음 흙을 파내기 시작했다. 그러나 삽질을 몇 번 하자 부슬부슬한 흙 대신, 희끄무레한 단단한 지층에 부딪치면서 땅을 파기가 매우 힘들어졌다. 그래서 곡괭이의 도움으로 기이하게 생긴 하얀 암석을 부서뜨렸다. 여러 번 치자 그것은 갈라지면서 삽으로 떠낼 수 있을 만한 작은 조각들로 바스러졌다. 처음에 나는 새로운 암석을 치우기 위해 일이 늘어난 데서 오는 짜증 때문에 그 조각난 돌멩이들에 어떤 광물학적인 관심도 없었다. 그러나 멀찌감치 훌쩍 삽을 비우기 위해 높이 쳐든 순간, 내 시선이 삽에 수북이 쌓여 있는 돌멩이에 머물렀다. 주먹만 한 돌멩이 옆에 균형 잡힌 모양의 아주 작은 무엇인가가 들러붙어 있는 것처럼 보였다. 삽을 내려놓고 돌멩이를 손에 든 나는 놀랍게도 돌멩이 옆에 붙어 있는 균형 잡힌 모양의 것이 돌로 된 조개라는 것을 깨달았다. 즉시 하던 일을 중단하고 발굴한 것을 조사하기 위해 집 안으로 들어갔다. 돌 옆에 붙어 있는 조개는 돌과 단단하게 유착되어 있는 듯 보였으며, 그 색깔도 거의 구분되지 않았다. 다만 부채꼴 모양으로 펼쳐지면서 움푹 패었다가 솟아오르곤 하는 무늬 덕에 흰색과 노란색, 그리고 회색이 좀 더 분명하게 교차하는 점만이 달랐다. 크기는 대략 프랑스 금화만 했으며, 외양은 노르망디나 브르타뉴 해변에서 볼 수 있고 점심 식탁에 등장해 환대받는 조개들과 아주 똑같았다. 칼로 조개를 긁어 대자 껍질에서 떨어져 나온 작은 조각들은 바스러진 돌 부스러기와 전혀 구분되지 않았다. 나는 떨어져 나온 조개 조각을 절구에 넣고 빻았다. 그리고 돌멩이 파편은 다른 절구에 빻았다. 두 번 다 같은 회백색의 가루가 나왔다. 그것에 물을 몇 방울 섞자, 벽에 석회를 바를 때 사용하는 색이 나타났다. 조개와 돌이 동일한 성분으로 이루어져 있다는 사실이, 오늘날까지도 생각하면 몸서리쳐지는 이 발견이 낳을 무서운 결과를 당시 나는 분명하게 인식하지 못했다. 어쩌다 한 번 나타난 현상을 발견했을 뿐이라는 추정에 지나치게 사로잡혀 있었고, 자연이 기분 내키는 대로 우연히 만들어 낸

산물이라고 자신 있게 믿었던 것이다. 나로서는 달리 생각할 수 없었다. 그러나 그 생각은 곧 변할 수밖에 없었다.

조개를 철저하게 조사한 후 더 발견할 수 있지 않을까 알아보기 위해, 나는 다시 장미 화단으로 나갔다. 오래 찾을 필요도 없었다. 괭이로 치고 삽으로 퍼낼 때마다 돌조개가 나왔다. 전에는 돌과 모래일 뿐이라고 그냥 지나쳤을 것들도 다시 한번 보게 되자 눈에 띄는 것들이 모두 조개였다. 반 시간 후 조개는 수백 개를 헤아렸다. 눈으로 일일이 다 볼 수 없었기 때문에, 나는 세는 것을 중단했다.

나는 감히 시인할 용기가 없었던 예감, 그러나 미지의 독자여, 정녕 이미 그대 안에서도 움트고 있을 어두운 예감에 사로잡혀, 나는 삽을 들고 정원의 맞은편 구석으로 가서 땅을 파기 시작했다. 처음에는 흙과 점토만이 나왔다. 그러나 50센티미터쯤 파내려 간 후 조개 암석에 부딪혔다. 나는 제3, 제4의 장소를 파내려 갔다. 다섯 번째, 여섯 번째 장소도 파헤쳤다. 어디에서나 — 어떤 때는 첫 번째 삽질을 하자마자, 또 어떤 때는 상당히 깊이 파내려 간 곳에서 — 조개, 조개 암석, 조개 모래를 발견할 수 있었다.

그 후 며칠, 아니 몇 주에 걸쳐 나는 주위로 원정을 나갔다. 처음에는 파시, 그리고 불로뉴와 베르사유에서 땅을 팠다. 마침내는 계획을 세워 생클루에서 뱅센, 장티이에서 몽모랑시에 이르기까지 땅을 팠으며, 조개를 찾지 못한 적은 단 한 번도 없었다. 조개가 아니라면, 실질적으로 조개 성분과 일치하는 모래나 돌을 발견했다. 센과 마른의 강줄기에서는 모래톱 위에 조개들이 무더기로 있었다. 반면에 샤랑트에서는 그곳 난민 수용소의 감시병들이 의심쩍은 눈초리로 지켜보는 가운데 5미터나 깊이 굴을 파 내려간 후 비로소 조개를 발견할 수 있었다. 나는 땅을 팔 때마다 조개 견본과 그것을 둘러싸고 있는 암석 표본을 몇 개씩 집으로 가져와 꼼꼼하게 조사했다. 조사 결과는 매번 처음 발견한 조개와 같았다. 내가 수집한 여러 종류의 조개들은 크기를 제외하고는 전혀 서로 구분되지 않았으며, 모양만 제외하면 그것들이 유착되어 있는 암석과도 식별되지 않았다. 철저하게 조사하고 여기저기 원정을 다닌 결과, 근본적인 두 가지 문제점이 제기되었다. 나는 그 해답을 기대하면서도 한편 두려운 느낌이 들기도 했다.

첫 번째로 땅속에 조개 암석이 분포되어 있는 범위는 어느 정도인가? 두 번째로 조개들은 어떻게 그리고 왜 생겨났는가, 다른 말로 표현하면 무정형이나 아니면 어쨌든 완전히 자의적으로 형성된 돌 조각들이 무엇 때문에 지극히 예술적인 조개의 형태를 취하게 되는 것일까?

미지의 독자여, 여기에서 내 말을 가로막고 위대한 아리스토텔레스가 이미 그러한 문제들을 파고들었으며 조개 암석의 출현은 독창적이거나 놀라운 발견이 아니라 수천 년 전부터 알려진 현상이라고 소리치지는 말게나. 그렇다면 나는 서두르지 말라고 답변할 수밖에 없다네, 친구여, 서두르지 말게나!

내가 돌조개를 발견한 최초의 사람이라고 주장하는 것은 결코 아니다. 눈을 크게 뜨고 자연 속을 거닐어 본 사람이라면 누구나 한 번쯤은 그것을 보았을 것이다. 그러나 보았다고 해서 모든 사람이 다 깊이 생각하지는 않는다. 그리고 그 문제에 대해 나처럼 일관성 있게 깊이 생각한 사람은 아직까지 없다. 물론 나는 우리의 행성, 대륙과 지역 등의 생성에 관해 설명하면서 돌조개에 대해서도 언급한 그리스 철학자들의 저서를 알고 있다. 실무적인 면에서의 연구를 끝낸 후, 나는 조개 문제에 대해 어떤 식으로든 해명을 얻을 수 있다고 생각되는 서적들을 빼놓지 않고 파리에 주문했다. 그러고는 우주론, 지질학, 광물학, 기상학, 천문학, 그 밖의 유사한 모든 분야에 관련된 서적들을 일일이 철저하게 검토했다. 아리스토텔레스에서 알베르투스 마그누스, 테오프라스토스에서 그로스테스트, 아비센나에서 레오나르도에 이르기까지 조개에 대해 약간이라도 언급한 작가들은 모조리 읽었다.

그 과정에서 이런 위대한 인물들이 조개의 출현, 모양, 형태, 분포 등에 관해서는 충분한 지식을 가지고 있었지만, 조개의 기원이나 가장 은밀한 내적 본질과 본래의 목적을 설명하는 일에서는 모두 실패했다는 사실이 드러났다.

어쨌든 서적을 뒤적이며 연구한 결과, 나는 조개화가 진행된 범위에 관한 문제에는 답변할 수 있었다. 지구상 어디서나 하늘이 푸르다는 것을 알기 위해 전 세계를 항해할 필요는 없다는 원칙을 좇아, 조개를 찾기 위해 구멍을 파기만 하면 어느 곳에나 항상 조개가 있다고 이미 나는 추정했었다. 높은 산 정상으로부터 아주 깊숙한 골짜기에 이르기까지 유럽과 멀리 떨어진 아시아에서 발굴해 낸 조개뿐 아니라, 새로 발견한 북아메리카와 남아메리카 대륙에서 찾아낸 조개 석회, 조개 모래, 그리고 완성된 형태를 갖춘 조개에 대해서도 읽었다. 그 결과 내가 파리에서 조개를 발견하면서 우려했던 사실, 즉 우리의 행성 전체가 조개와 조개 종류의 성분으로 이루어져 있다는 사실이 현실로 입증되었다. 우리가 이 지구의 원래 모습이라고 생각하는 것, 초원과 산림, 호수와 바다, 정원과 농토, 황무지와 풍요한 평원, 이런 것들은 모두 단단한 핵을 에워싸고 있는 보기 좋은 얇은 외투에 지나지 않는다. 얇은 외투를 벗겨 내면, 우리의 행성은 금화 크기만 한 돌조개가 무수히 많이 결합하고 응어리져 만들어 낸 공처럼 보일 것이다. 그런 행성에서 생명이 살기는 불가능할 것이다.

더 이상 변화하지 않는 완결된 상태가 문제라면 지구가 실질적으로 조개로 이루어져 있다는 발견을 우리는 중요하지 않은 별난 생각쯤으로 여길 수 있다. 그러나 유감스럽게도 사실은 그렇지 않다. 그간 연구한 과정을 여기에서 세세하게 설명할 수 있는 시간이 내게는 남아 있지 않다. 그러나 포괄적인 연구 결과, 지구의 조개화는 막을 수 없이 급속하게 진행되어 가는 과정이라는 것만은 분명하게 밝힐 수 있다. 오늘날 벌써 세계의 흙 외투는 곳곳에서 해지고 파손되었다. 이미 많은 곳에서 조개 성분은 그것을 부식하고 침식하였다. 고대인들의 글에는 시칠리아섬, 아프리카의 북쪽 해안, 이베리아 반도가 그 당시 세계에서 가장 축복받은 풍요로운 지방이라고 기록되어 있다. 일반적으로 알고 있는 바와 같이 오늘날 이러한 지역들은 극소수의 예외를 제외하고는 먼지, 모래, 돌로 덮여 있다. 이것들은 다름 아닌 조개가 형성되기 전의 단계이다. 아라비아의 대부분, 아프리카의 절반을 차지하는 북부 지방, 그리고 최근의 보고를 통해 알고 있듯이 아메리카의 전혀 가늠할 수 없는 부분 역시 마찬가지이다. 심지어 일반적으로 여러 나라 가운데 특별히 빼어난 곳이라고 생각하는 프랑스에서도 계속되는 조개화를 증명할 수 있다. 서프로방스와 남부 세벤의 일부 지역들에서 흙 외투는 이미 손가락 깊이까지 줄어들었다. 전체적으로 보아 이미 조개화가 진행된 지표면은 유럽 면적을 훨씬 능가한다.

조개와 조개 성분이 부단히 증가하는 원인은 끊임없는 물의 순환에 있다. 바다에서 사는 보통 조개들처럼 돌조개에게도 물은 가장 긴밀한 동맹자, 바로 존재의 기본 원소이기 때문이다. 배운 사람이라면 누구나 알고 있듯이, 물은 영원한 순환을 보여 준다. 그것은 태양 빛의 힘을 빌려 바다 위로 상승하여 구름으로 뭉쳐지고, 이 구름은 바람에 실려 아주 멀리 날아가 육지 위에서 흩어진 다음 빗방울의 형태로 물을 대지 위에 쏟아붓는다. 물은 땅을 적시고 구석구석 스며든다. 그런 다음 샘물과 개울에서 다시 모여 시내와 강으로 불어나고 결국에는 다시 바다를 향해 흘러간다. 지하로 스며들어 가는 단계에서 물은 조개의 형성에 숙명적인 기여를 한다. 즉, 그것은 땅속으로 스며들면서 토양을 서서히 해체시키고 분해하여 휩쓸어 간다. 그러고는 더 깊숙이 스며들어 돌조개 층에 이르러서는 조개의 형성에 필수적인, 토양에서 획득한 물질을 조개 암석에게 전해 준다. 이런 식으로 지구의 외투는 갈수록 얇아지는 반면, 조개 돌의 지층은 나날이 늘어나고 있다. 평범한 샘물을 냄비에 끓여 보면, 내 발견이 사실이라는 것을 확인할 수 있다. 냄비의 바닥과 옆면에 흰색의 앙금이 형성된다. 꽤 오랫동안 물을 끓인 냄비에서 앙금은 상당한 두께로 딱딱하게 눌어붙어 있다. 이것을 떼어 내어 절구에 빻으면, 돌조개를 빻았을 때와 같은 가루를 얻게 된다. 빗물의 경우는 실험을 해도 앙금이 전혀 생기지 않는다.

이제 미지의 독자는 세계가 처해 있는 절망적인 상황을 이해할 것이다. 우리의 생명을 유지하기 위해서 하루도 없으면 안 되는 물이 우리 삶의 토대인 지구를 파괴하고 있으며, 뜻하지 않게 우리의 가장 사악한 적인 돌조개를 도와주고 있는 것이다. 동시에 생명을 선사하는 원소인 흙이 생명에 적대적인 돌 원소로 변화하는 것은, 다양하게 번성하는 형태들이 유아독존의 조개 형태로 변형되는 것과 마찬가지로 피할 수도 번복할 수도 없는 일이다. 그렇다면 이제는 이 세계의 종말에 대한 그릇된 생각은 하지 말자. 유일한 종말은 완전한 조개화이다. 태양이 뜨고 지고 안개가 걷히고 비가 내리는 것처럼, 이것은 확실한 종말이다. 이 종말의 상세한 모습은 나중에 묘사하겠다. 그 전에 먼저 사람들이 내게 제기할이의에 답변해야 한다. 나는 이러한 이의를 잘 이해할 수 있다. 무서운 것을 보고 싶어 하는 사람은 없는 법이고, 두려움은 수많은 의혹과 이의를 찾아내기 때문이다. 그러나 철학자는 진실만을 인정한다.

조개의 출현을 설명하는 문제에 있어서 우리의 아주 명망 있는 철학자들이 얼마나 무력한지, 이미 앞에서 나는 간단히 시사했었다. 많은 이들은 아주 가볍게 생각해 조개가 자연의 유희일 뿐이라고 주장한다. 어떤 이유에서인지는 몰라도 돌을 조개 형태로 만들어 내는 것이 자연의 마음에 들었다는 것이다. 아직까지 이탈리아 작가들에 의해 널리 퍼져 있는 이 피상적이고 안일한 설명을 이성적인 사람들은 우스꽝스럽고 비학문적인 것으로 생각한다. 그러니 내가 그것에 대해 상세하게 왈가왈부할 필요는 없다.

보다 진지하게 받아들일 수 있고 꽤 위대한 철학자들도 옹호하는 두 번째 견해는, 선사 시대에 지구 전체가 바다로 뒤덮여 있었으며 바다가 물러나면서 살아 있는 조개들이 곳곳에 남게 되었다는 것이다. 이 학자들은 자신들의 주장을 증명하기 위해 성경에 나오는 노아의 홍수를 근거로 든다. 실제로 성경에는 높은 산꼭대기까지 지구 전체가 물로 넘쳤다고 기록되어 있다. 사정을 잘 모르는 사람들에게는 이 해석이 아주 그럴듯하게 보이겠지만, 지식을 가진 사람으로서 나는 그것에 강력하게 대처해야 한다. 모세 오경에는 지구상의 대홍수가 370일 동안 계속되었으며 산 정상은 — 평지와 별 차이 없이 많은 조개가 널려 있다 — 겨우 150일 물속에 잠겨 있었다고 적혀 있다. 그렇게 짧은 시간 동안의 홍수가 오늘날 발견되는 그렇게 많은 수의 조개를 남길 수 있단 말이냐고 나는 의문을 제기한다. 그뿐 아니라 수천 년 전 대홍수가 물러가고 남아 있었던 조개들은 오래전 비바람에 풍화되어 닳아 없어지고 모래로 바스러졌을 것이다. 그리고 설령 수수께끼처럼 보존되었다 할지라도, 우리가 확인했듯이 왜 끊임없이 증가하는지는 아무도 설명할 수 없을 것이다. 그러므로 조개 존재에 대한 모든 해석과 설명은 내 것을 제외하고는 근거가 전혀 없다는 것을 알 수 있다.

지금까지 우리는 지구의 외형과 관련해 아주 다양한 물질들이 끊임없이 조개 성분으로 변화하고 있다는 것을 인식했다. 조개화가 지구의 외형뿐 아니라 현세의 모든 삶, 지구상, 아니 전 우주의 모든 사물과 존재를 지배하고 있는 보편적인 원칙이라고 추정할 수 있다.

망원경을 통해 관찰한 결과, 이 우주에서 우리의 가장 가까운 이웃인 달이 우주의 조개화를 보여 주는 실로 전형적 사례라는 것을 나는 이미 오래전에 확신하게 되었다. 달은 오늘날 지구가 직면하고 있는 단계, 즉 모든 물질이 조개 성분으로 변해 버린 단계에 이미 도달했다고 할 수 있다. 더욱

이 궁중에서조차 달이 숲으로 우거진 구릉, 싱싱한 초원, 커다란 호수와 바다가 있는 살기 좋은 행성이라고 주장하는 천문학자들이 있다. 그것은 사실이 아니다. 그 어설픈 아마추어들이 바다라고 생각하는 것은 거대한 조개 황야이고, 그들이 달의 지도에 산맥으로 표기하는 것은 조개 암석으로 이루어진 황량한 언덕이다. 다른 행성들 역시 별반 다르지 않다.

보다 날카로운 오성과 더 정교한 망원경을 가진 후세들은 내 말이 맞다고 인정할 것이다.

우주의 조개화보다 한층 더 끔찍한 사실은 바로 우리의 육신이 끊임없이 조개 성분으로 붕괴되고 있다는 것이다. 이 붕괴는 아주 격렬한 것이어서 예외 없이 모든 사람을 죽음으로 이끈다. 처음 잉태되는 순간 인간은, 이렇게 말할 수 있다면, 작지만 조개 성분이 전혀 없는 한 덩어리의 점액질로 이루어져 있는 반면, 자궁에서 자라는 과정에 이미 그것의 앙금이 형성된다. 신생아의 머리에서 확인할 수 있듯이 출생 직후만 해도 이 앙금은 아주 부드럽고 유연하다. 그러나 얼마 지나지 않아 작은 육신은 화석처럼 굳기 시작하고, 돌처럼 단단한 껍질이 두뇌를 둘러싸고 압박하여 어린이의 외모는 상당히 굳은 형태를 취한다. 부모들은 환호하면서 이제야 제대로 된 인간이 되었다고 생각한다. 어린이가 달리기 시작하면 곧바로 조개에 사로잡히게 되며 피할 수 없는 종말을 향해 비틀거리고 있을 뿐이라는 것을 그들은 깨닫지 못한다. 그러나 물론 노인과 비교해 어린이의 상태는 부러워할 만하다. 인간의 화석화는 노년에 가장 뚜렷해지기 때문이다. 피부는 거칠어지고 머리카락은 갈라진다. 혈관과 심장, 두뇌는 석회화되고 등은 꼬부라져, 전체적으로 조개의 내적인 구조를 좇아 안으로 구부러지고 휘게 된다. 그러고는 결국 조개돌의 비참한 파편 더미가 되어 무덤 속으로 들어간다. 그것으로도 다 끝난 게 아니다. 비가 내리고 물방울이 땅속으로 스며들면, 물은 그를 부식시켜 미세한 조각들로 잘게 부순 다음 조개 지층으로 실어 간다. 그곳에서 그는 이미 알고 있는 돌조개의 형태로 최후의 안식을 찾게 된다.

상상하는 것이거나 증명할 수 없는 일들을 주장하고 있다고 여기에서 나를 비난하는 사람이 있다면, 나는 그에게 묻고 싶다. 해가 거듭될수록 네 몸이 화석처럼 굳어 가고 무감각해지며 육체와 영혼이 메말라 가는 것을 너 자신은 깨닫지 못하는가? 어린 시절에는 껑충껑충 뛰어오르고 몸을 이리저리 돌리고 구부렸으며, 하루에도 열 번 넘어지면 아무 일도 없었다는 듯이 다시 열 번 일어났던 사실을 이제 잊었는가? 너의 보드라운 피부, 유연하면서도 건장한 근육, 양보하면서도 제압당하지 않는 생명력이 이제는 생각나지 않는가? 지금 네 모습을 한번 보아라! 피부는 크고 작은 주름살로 우글쭈글하고 얼굴은 식초병처럼 울퉁불퉁한 데다가 마음의 고통으로 여위었으며, 네 육신은 뻣뻣하게 굳어 신음 소리를 낸다. 조금만 움직여도 힘이 들고 한 걸음이라도 내딛기 위해서는 결심이 필요하다. 바닥에 쓰러져 오지그릇처럼 산산 조각 나지 않을까 항상 전전긍긍한다. 너는 그것을 느끼지 못하는가? 네 힘줄 여기저기서 그것, 네 안의 조개를 감지하지 못한단 말인가? 그것이 네 심장을 공격하는 것을 깨닫지 못하는가? 그것은 벌써 네 심장을 반이나 에워싸고 있다. 아니라고 부정하는 사람은 거짓말쟁이다!

나 자신은 조개의 손아귀에 떨어진 그중 가장 격렬하고 슬픈 본보기이다. 조개 성분의 증가를 가능한 한 억제하기 위해 몇 년 전부터 빗물을 받아 마시고 있는데도, 하필이면 바로 내가 가장 강력하게 공격받은 것이다. 며칠 전 유언을 쓰기 시작했을 때만 해도, 왼손은 그럭저럭 자유롭게 움직일 수 있었다. 그 사이에 손가락이 점점 굳어 이제는 직접 손에서 펜을 내려놓을 수조차 없다. 내 이야기를 받아쓰게 한다는 것은 생각할 수 없는 일인 데다가 말하는 것 역시 무지 고통스럽기 때문에, 팔을 밀고 당겨 손목으로 글을 쓸 수밖에 없다. 나 자신이 이렇게 유달리 빠른 속도로 조개화되고 있는 것은 우연이 아니다. 아주 오랫동안 조개 연구에 몰두했으며 그 비밀을 너무 많이 알아냈기 때문에, 그것들은 다른 사람들에 비해 내게 아주 잔인한 종말을 준비하는 것이다. 권세가 갈수록 공고해지고 있는데도 그것들은 자만심과 복수심에 가득 차 그 비밀을 지키려 애쓰고 있다.

미지의 독자여, 그대는 돌과 비슷하게 생기고 생명이 없어 보이는 형상인 조개가 복수하기 위해 특정한 인간과 특별한 관계를 가질 수 있는 존재라는 이야기를 듣고 놀랄 것이다. 이제 나는 조개 존재의 비밀 중에서도 가장 엄청난 최후의 비밀로 그대를 인도하려 한다. 그렇게 되는 경우 물론 그대에게는 나와 같은 종말을 맞이할지도 모르는 위험이 도사리고 있다.

조개와 부딪히게 된 후부터 나는 조개 성분으로 이루어진 돌이 왜 다른 것이 아닌 바로 조개의 형태를 취하고 있는가라는 의문을 품었었다. 이 결정적인 문제에 있어서도 철학자들은 우리에게 전혀 도움이 되지 않는다. 아랍인 아비센나만이 유일하게 이 문제에 대해 언급하고 있다. 그러나 이 힘이 어디서 유래하고 왜 조개와 관련된 특정한 방식으로 표현되는가에 대해서는 그 역시 해답을 모른다. 그에 비해서 나는 전 세계적으로 조개화가 이루어지고 있는 이면에는 단순히 어떤 힘이 아니라 유일한 최고의 의지에 복종하여 세계를 움직이는 힘이 틀림없이 있다고 확신했다. 이 최고의 의지가 돌조개를 통해 발현되고 있다는 것을 인식했기 때문에 그 존재함을 확신하긴 했지만, 이 의지를 표출하는 실체가 무엇인지는 상상할 수 없었다. 우리들 모두를 하나하나 질식시키고 세계를 황무지로 만들고 온 천지를 돌조개의 바다로 변화시키는 것은 도대체 어떤 실체일까?

몇 년 동안 나는 골똘히 생각했다. 서재에 틀어박혀 머리를 혹사시키기도 하고 인식에 이르기 위해 자연을 거닐어 보기도 했다. 다 허사였다. 결국 자신을 드러내 보여 달라고 그 미지의 존재에게 간청했으며, 간절히 애원도 해보고 저주도 해보았다고 이제 나는 고백한다. 그러나 아무 일도 일어나지 않았다. 내 생각은 몇 년 전부터 한자리에서 맴돌고 있었으며, 삶은 괴롭게도 늘 같은 궤도를 지나갔다. 그래서 나는 불쌍한 뮈사르 역시 앞서간 나머지 인류처럼 최후의 진실에 이르지 못한 채 조개로 전락하고 말 거라고 생각했다.

그러고 나서 이 유례없는 사건이 일어났다. 그것은 말로 표현할 수 있는 영역의 밖이나 아니면 위에서 일어났기 때문에, 묘사해야 하는데도 묘사할 수가 없다. 그래서 할 수 있는 것은 이야기하고, 할 수 없는 것은 그것이 내게 남긴 영향력을 통해 묘사하려 한다. 내 말을 이해하고 안 하고는 여기 까지 나를 좇아온 미지의 독자, 그대에게 적잖이 달려 있다. 그대가 하려고만 든다면 나를 이해하리라는 것을 나는 알고 있다.

그것은 1년 전 어느 초여름 날이었다. 날씨는 화창했고, 정원은 꽃이 만발해 있었다. 산책하는 내 주위를 장미 향기가 따라다녔고, 이 세계는 영원하며 조개들이 몰려와 마지막 여름이 되지는 않으리라는 것을 전 세계에 확신시키려는 듯이 새들이 노래했다. 태양이 아주 뜨겁게 내리비추었던 것으로 보아 점심시간이 가까워졌던 것 같다. 나는 휴식을 취하기 위해 사과나무 그림자가 반쯤 드리운 벤치에 앉았다. 멀리에서 분수의 물 떨어지는 소리가 들려 왔다. 나는 탈진해 눈을 감았다. 그때 문득 분수의 물소리가 커지면서 좔좔 흐르는 물로 불어나는 듯이 여겨졌다. 그러고 나서였다. 나는 정원에서 어둠 속으로 떠밀려 갔다. 내가 있는 곳이 어디인지는 알 수 없었다. 주변은 온통 어둠과 기이하게 꼬르륵거리면서 좔좔 흐르는 물소리와 북북 문지르고 가루로 빻는 요란한 소리뿐이었다. 이렇게 말해도 될지 모르겠지만, 그 순간 내게 이 두 개의 소리 군(群) — 좔좔 흐르는 물소리와 북북 돌을 문지르는 소리 — 은 창조의 소리인 양 여겨졌다. 나는 두려웠다. 두려움이 극도에 달했을 때, 나는 아래를 향해 떨어졌고 소리는 멀어졌다. 그러고는 어둠에서 벗어났다. 갑자기 너무 많은 빛에 둘러싸여 있어서 내 눈이 멀었다고 생각했다. 빛 속에서 계속 밑으로 떨어지면서 어두운 곳으로부터 멀어져 갔다. 이제 어둠은 내 위의 거대한 검은 덩어리가 되었다. 아래로 깊이 떨어질수록 그 덩어리를 더 잘 분별할 수 있었으며 그것의 규모는 더 커졌다. 이윽고 나는 위에 있는 검은 덩어리가 하나의 조개라는 것을 깨달았다. 그때 덩어리가 두 부분으로 갈라지면서 어마어마하게 큰 새처럼 검은 날개를 펼쳤다. 그러고는 삼라만상 위로 양 조개껍질을 벌려 나와 세계, 존재하는 모든 것과 빛 위로 내려앉은 다음 닫혔다. 영원한 밤이 되었고, 존재하는 유일한 것은 가루로 빻는 소리와 좔좔 흐르는 물소리뿐이었다.

정원사가 자갈길에 쓰러져 있는 나를 발견했다. 벤치에서 일어나려고 하다가 탈진해서 고꾸라졌던 것이다. 나는 집 안으로 옮겨져 침대에 눕혀졌다. 그 이후로 다시는 자리에서 일어나지 못했다. 몸이 너무 쇠약해져, 의사들은 내가 영영 일어나지 못할까 우려했다. 3주일이 지나고서야 나는 그럭 저럭 회복되었다. 그러나 그날 이후 내 위 속에는 단단하게 뭉친 통증이 남아 있었고, 날이 갈수록 심해지면서 더 많은 부위로 퍼져 나갔다. 이것은 아주 잔인하고 빠르게 덮쳐 나를 통해 본보기로 힘을 과시하고 있는 조갯병이다. 이 병은 조개를 눈으로 본 나와 나머지 사람들을 구별하는 표시이다. 나는 깨달음에 대한 혹독한 대가를 치러야 한다. 그러나 모든 문제 중에서도 최후의 문제에 대한 답변을 알고 있기 때문에 기꺼이 지불하려 한다. 모든 생명을 속박하고 모든 것의 종말을 가져오는 힘, 자신이 전능하고 어디에나 존재한다는 표시로 조개화를 강요하고 삼라만상을 지배하는 최고의 의지는 거대한 원형(原形) 조개에서 나온다. 나는 그 광대함과 소름 끼치는 장엄함을 보기 위해 잠시 그 내부로 흡입되었던 것이다. 내가 본 것은 세계 종말의 비전이었다. 누구나 조개의 위력을 인식하지 않을 수 없을 정도로 세계가 조개화되고, 사람들이 어찌할 바를 모르고 공포에 질려 각기 다른 자신들의 신을 향해 절규하면서 도움과 구원을 간청하는 날, 거대한 조개는 유일한 대답으로서 날개를 펼쳐 세계를 덮친 다음 모든 것을 가루로 만들 것이다.

　미지의 독자여, 이제 나는 할 말을 다했다. 무슨 말을 더 하겠는가? 내가 어떻게 그대를 위로하겠는가? 철학자와 예언가들처럼 그대 영혼의 불멸성, 자비로운 신의 은총, 육신의 부활에 대해 허튼소리를 늘어놓아야겠는가? 조개가 관대한 신이라고 선언을 하겠는가? 야훼와 알라 숭배를 좇아 조개 숭배를 선포하고 인류의 구원을 약속하겠는가? 왜? 무엇 때문에 거짓말을 한단 말인가? 인간은 희망 없이는 살 수 없다고들 말한다. 이제 인간은 살아 있는 것이 아니라 죽는 것이다. 나로 말하면, 이 밤을 넘기지 못할 것이라는 것을 느끼고 있다. 이 최후의 밤에 거짓말을 하지는 않으련다. 드디어 죽음의 끝에 이르게 되니 마음이 가벼워진다. 불쌍한 친구여, 그대는 아직 그 한가운데 있다네.

뮈사르 씨의 하인, 클로드 마네의 후기

오늘 1753년 8월 30일, 내 마음씨 좋은 주인이신 장인 뮈사르는 예순여섯 살의 나이로 세상을 떠났다. 나는 이른 아침 평상시 그대로 침대에 앉아 있는 그분을 발견하였다. 눈꺼풀이 움직이지 않았기 때문에 그분의 눈을 감겨 드리지 못했다. 주인의 손에서 펜을 빼내려고 하자, 왼손 집게손가락이 유리처럼 바스러졌다. 장의사는 간신히 그분의 옷을 입힐 수 있었다. 주인이 평범한 사후 경직이 지나간 후에도 뻣뻣하게 앉아 있는 자세를 포기하지 않았기 때문이다. 주인의 친구이며 의사인 프로코프 씨는 관을 사각형으로 짜게 할 수밖에 없었다. 9월 1일 주인은 파시의 공동묘지에서 최후의 안식을 위해 사각형의 묘지 — 조문객들이 놀랍게도 — 에 안장되었다. 물론 흙을 덮은 후에는 수많은 장미 송이가 무덤을 뒤덮었다. 신이시여, 그의 영혼을 불쌍히 여기소서!

문학의 건망증

질문이 무엇이었더라? 아 그렇지, 어떤 책이 내게 감명을 주고, 인상에 남아 마음 깊이 아로새겨지고, 송두리째 뒤흔들어 〈인생을 새로운 방향으로 이끌거나〉, 〈지금까지의 생활을 뒤바꾸어 놓았는가〉 하는 것이었지.

그런데 이 말은 충격적인 체험이나 정신적으로 큰 타격을 받은 경험처럼 들린다. 상처를 입은 사람은 이런 체험을 기껏해야 악몽에서나 떠올리지, 의식이 깨어 있을 때에는 생각하지 않는다. 하물며 글로 남기거나 만인 앞에서는 말할 것도 없다. 순간적으로 이름이 생각나지 않는 오스트리아의 한 심리학자가 충분히 읽을 만한 가치가 있는 논문에서 이미 그것에 관해 주의를 상기시켰었다. 그 논문은 제목이 확실하게 기억나지 않지만, 〈나와 너〉 혹은 〈그것과 우리〉 아니면 〈나 자신〉 이런 유사한 표제 아래에 여러 글을 모아 놓은 소책자로 출판되었다(로볼트, 피셔, dtv, 아니면 주어캄프, 어느 출판사에서 최근에 다시 발행했는지는 모르겠다. 그러나 표지가 푸르스름한 빛을 띤 초록색과 회색이 아니라면, 초록색과 흰색 또는 담청색과 노르스름한 색이 어우러져 있었다고 말할 수 있다).

그러나 이 질문은 충격으로 신경이 손상되는 독자 체험을 말하는 것이 아니라, 유명한 시 「아름다운 아폴로」에서 말하는 충격적인 예술 체험을 뜻하는 것 같다. 아니다, 시의 제목이 「아름다운 아폴로」가 아니었다는 생각이 든다. 어떤 식으로든지 그것과는 달랐다. 제목은 선사 시대와 관련된 느낌을 주었었다. 「젊은 토르소」나 「태고의 아름다운 아폴로」 그 비슷한 것이었다. 그러나 제목이야 아무래도 좋다……. 그러므로 이 유명한 시에서…… 시인이 누구였더라? 이 순간 시인의 이름이 떠오르지 않는다. 실제로 눈이 크고 동그란 데다가 콧수염을 기른 아주 유명한 시인이었다. 그가 이 뚱뚱한 프랑스 조각가에게(그의 이름은 또 무엇이었더라?) 바렌가(街)에 집을 구해 주었었다. 집이라는 표현은 적절치 않다. 그것은 이 끝에서 저 끝까지 가려면 10분 이상이 소요되는 정원이 딸린 으리으리한 저택이다(사람들이 당시 그 돈을 다 무엇으로 지불했는지 말이 나온 김에 의문을 제기해 본다)! 어쨌든 처음부터 끝까지 다 인용할 수는 없지만 마지막 행만은 불변의 도덕적 명령으로써 지워지지 않고 기억에 깊이 아로새겨져 있는 이 멋진 시에 그런 내용이 있다. 그 시의 마지막 행은 이렇다. 〈너는 네 삶을 변화시켜야 한다.〉

그렇다면 내 삶을 변화시켰다고 말할 수 있는 그런 책들은 어떠한가? 이 문제를 규명하기 위해 나는 (바로 며칠 전의 일이다) 서가로 걸어가 꽂혀 있는 책들을 쭉 훑어본다. 그런 경우에는 — 즉 종류가 같은 책들이 한곳에 너무 많이 모여 있어 눈이 정신을 못 차리게 되는 경우 — 늘 그렇듯이 먼저 나는 현기증을 느낀다. 그러면 현기증을 막기 위해 손을 집어넣어 집히는 대로 아무 책이나 끄집어 낸 다음, 전리품이라도 되는 듯이 그것을 들고 돌아선다. 그러고는 책을 펼쳐 뒤적거리다가 내용에 사로잡혀 정신없이 읽는다.

곧 나는 좋은 책을, 그것도 아주 썩 좋은 것을 집었다고 깨닫는다. 그것은 완벽한 문장과 지극히 명확한 사고의 흐름으로 짜여 있다. 결코 알지 못했던 흥미 있는 지식으로 가득 차 있고 굉장한 놀라움이 넘친다. 유감스럽게도 이 글을 쓰고 있는 순간 책 제목이나 저자의 이름이나 내용이 생각나지 않는다. 그러나 곧 보게 될 것처럼, 그런 것은 중요한 일이 아니다. 아니 그 반대로 그렇기 때문에 오히려 문제의 규명에 도움이 된다. 말한 것처럼 내가 손에 들고 있는 책은 훌륭한 것으로, 문장 하나하나에서 얻는 바가 크다. 나는 책을 읽으면서 의자를 향해 비틀비틀 걸어가고, 읽으면서 자리에 앉고, 읽으면서 도대체 무엇 때문에 읽고 있는지도 잊어버린다. 오로지 나는 책장을 넘길 때마다 발견하는 다시없이 새로운 귀중한 것에 정신을 집중한 욕망 그 자체일 뿐이다.

때때로 누군가 그어 놓은 밑줄이나 책 가장자리에 연필로 긁적거려 놓은 감탄 부호 — 나보다 앞서 책을 읽은 사람이 남겨 놓은 흔적으로, 평상시에는 그다지 높이 평가하지 않는다 — 가 이번만큼은 전혀 방해가 되지 않는다. 이야기가 그만큼 흥미진진하게 진행되고 문장이 알알이 경쾌하게 이어져 이 연필 자국을 전혀 의식할 수 없기 때문이다. 그런데도 어쩌다 그 흔적이 눈에 뜨이는 경우에는, 전적으로 동의하는 마음에서이다. 앞서 책을 읽은 사람이 — 나는 그 사람이 누구인지 전혀 짐작조차 못한다 — 나 역시 심히 열광하는 바로 그 자리에 밑줄을 긋고 감탄 부호를 찍었기 때문이라고 나는 말한다. 비할 데 없이 뛰어난 글의 내용과 누구인지 모르는 앞서 책을 읽은 사람과의 정신적인 연대감에 의해 이중으로 고무되어 계속 책을 읽어 나간다. 그리고 점점 더 깊이 허구의 세계 속으로 빠져들어 경탄에 경탄을 거듭하면서 저자가 인도하는 멋진 길을 따라간다…….

그러고는 분명 이야기의 절정을 이루는 곳에 이르러 나도 모르게 〈아!〉 큰 소리 내어 감탄한다. 〈아, 얼마나 기발한 생각인가! 그 얼마나 멋들어진 표현인가!〉 나는 한순간 눈을 감고 읽은 것을 깊이 반추해 본다. 그것은 뒤죽박죽으로 엉켜 있는 내 의식에 길을 내고 유례없이 새로운 시야를 열어주고 새로운 인식과 연상들을 샘솟게 하고 실제로 예의 그 일침을 놓는다. 〈너는 네 삶을 변화시켜야 한다!〉 내 손은 거의 자동적으로 연필을 향한다. 〈이것에 밑줄을 그어야겠다.〉 나는 생각한다. 〈한쪽 귀퉁이에 《아주 훌륭하다!》라고 적고 느낌표를 힘주어 찍자. 그리고 앞으로 잊어버리지 않고 그렇게 장엄하게 깨닫게 해준 저자에게 몇 마디 경의를 표할 겸, 이 글이 네 안에서 불러일으킨 생각의 흐름을 요점만 기록해두자.〉

그런데 이런, 〈아주 훌륭하다!〉라고 긁적거리기 위해 연필을 들이대자, 내가 쓰려는 말이 이미 거기에 적혀 있다. 그리고 기록해 두려고 생각한 요점 역시 앞서 글을 읽은 사람이 벌써 써놓았다. 그것은 내게 아주 친숙한 필체, 바로 내 자신의 필체였다. 앞서 책을 읽은 사람은 다름 아닌 바로 나 자신이었다. 내가 오래전에 그 책을 읽었던 것이다.

그 순간 이루 형용할 수 없는 비탄이 나를 사로잡는다. 문학의 건망증, 문학적으로 기억력이 완전히 감퇴하는 고질병이 다시 도진 것이다. 그러자 깨달으려는 모든 노력, 아니 모든 노력 그 자체가 헛되다는 데서 오는 체념의 파고가 휘몰아친다. 조금만 시간이 흘러도 기억의 그림자조차 남아 있지 않다는 것을 안다면, 도대체 왜 글을 읽는단 말인가? 도대체 무엇 때문에 지금 들고 있는 것과 같은 책을 한 번 더 읽는단 말인가? 모든 것이 무(無)로 와해되어 버린다면, 대관절 무엇 때문에 무슨 일인가를 한단 말인가? 어쨌든 언젠가는 죽는다면 무엇 때문에 사는 것일까? 나는 아름다운 작은 책자를 덮고 자리에서 일어나 얻어맞은 사람처럼, 실컷 두드려 맞은 사람처럼 슬그머니 서가로 돌아가, 저자가 누구인지 모르고 그런 책이 있다는 것조차 잊힌 채 꽂혀 있는 수없이 많은 다른 책들 사이에 내려놓는다.

책꽂이 구석에 시선이 머무른다. 거기 무엇이 있는가? 아 그렇다, 세 권으로 된 알렉산더 대왕의 전기. 언젠가 그것을 처음부터 끝까지 전부 읽었었다. 지금 나는 알렉산더 대왕에 대해 무엇을 알고 있는가? 아무것도 모른다. 다음 칸 책꽂이 모퉁이에는 30년 전쟁에 대한 기록을 모아 놓은 편찬서 몇 권이 있다. 그중에는 500페이지짜리 베로니카 웨지우드의 것과 수천 페이지에 이르는 골로 만의 『발렌슈타인』도 있다. 나는 꼼꼼하게 모조리 다 읽었었다. 그러나 지금 내가 30년 전쟁에 대해 알고 있는 것이 무엇인가? 아무것도 없다. 그 하단 책꽂이는 이쪽 끝에서 저쪽 끝까지 바이에른의 루트비히 2세와 그의 시대에 관한 서적들로 꽉 차 있다. 나는 그것들 역시 읽었을 뿐 아니라 1년 넘게 애써 연구했고, 그것에 관한 시나리오까지 세 편이나 집필했었다. 거의 나는 일종의 루트비히 2세 전문가였다. 그렇다면 지금은 루트비히 2세와 그의 시대에 관해 무엇을 알고 있는가? 모른다. 전연 모른다. 그래 좋다, 루트비히 2세의 경우 이 총체적 건망증은 그냥 넘어갈 수 있다고 치자.

나는 생각한다. 그렇다면 책상 옆 저기 위쪽보다 수준 높은 문학 칸에 꽂힌 책들은 어떠한가? 열다섯 권으로 된 안더슈의 작품집에서 아직 기억에 남아 있는 것이 있는가? 아무것도 없다. 뵐, 발저, 쾨펜의 경우는 어떠한가? 역시 없다. 열 권짜리 한트케의 책은? 없는 거나 다름없다. 『트리스트럼 샌디』, 루소의 『고백록』, 조이메의 산책에 관해 나는 무엇을 알고 있는가? 전연 모른다, 모른다, 몰라. 그렇지만 저기 보아라! 셰익스피어의 희극이 있다! 작년에 처음으로 희곡 전집을 다 읽었었다. 틀림없이 무엇인가가 남아 있을 것이다, 어렴풋한 예감, 제목, 셰익스피어의 희극 중 한 편이라도 좋으니 제목 단 하나만이라도……. 아무것도 남아 있지 않다. 그러나 제발 적어도 괴테, 괴테만은, 예를 들어 여기에 흰색 표지의 자그마한 책 『친화력』이 있다. 나는 이 책을 최소한 세 번은 읽었다. 그런데도 일말의 기억도 나지 않는다. 송두리째 바람에 날려 가버린 것 같다.

내가 기억하고 있는 책이 이 세상에는 한 권도 없단 말인가? 저기 있는 불그스름한 책 두 권, 붉은 천 비슷한 것으로 제본된 두꺼운 책, 그것들은 무슨 책인지 틀림없이 알고 있을 것이다. 마치 낡은 가구처럼 친숙하다는 생각이 든다. 나는 그것들을 읽었고, 몇 주 동안 그 안에서 살았었다. 더구나 그리 오래지 않은 일이다. 도대체 무슨 책이고, 제목이 무엇이더라? 『악령』. 그런 것이었어. 그랬었지. 흥미 있는 책이었어. 그런데 저자는? F. M. 도스또예프스끼. 흠, 글쎄, 희미하게 기억이 떠오르는 것 같다. 전체적으로 19세기를 무대로 사건이 벌어지고 2권에서 누군가가 권총으로 자살한다는 생각이 난다. 그 이상은 별로 할 말이 없다.

나는 책상 앞 의자에 주저앉는다. 수치스러운 일이다. 말도 안 되는 소리이다. 30년 전 나는 글 읽는 것을 배웠고, 그리 많지는 않지만 웬만큼은 읽었다. 그런데 고작 남아 있는 것이라고는 수천 페이지에 달하는 방대한 소설의 제2권에서 누군가가 권총으로 자살한다는 희미한 기억이다. 30년 동안 읽은 것이 다 헛일이라니! 유아기, 청년기, 장년기의 수천 시간을 책을 읽으면서 보냈는데도, 망각 이외에는 남아 있는 것이 없다니. 그리고 이 불행은 나아지기는커녕 반대로 악화되고 있다. 지금 책을 한 권 읽으면, 결말에 이르기도 전에 나는 처음을 잊어버린다. 때로는 기억력이 책 한 페이지를 기억하기에도 부족할 때가 있다. 그러면 나는 단락 하나하나, 문장 하나하나를 짚어 가며 읽어 본다. 그러면 낱말 몇 마디는 의식적으로 파악할 수 있는 정도가 된다. 그 낱말들은 여전히 미지로 남아 있는 어두운 전체에서 쏟아져 나와 읽는 순간 유성처럼 빛나고는, 곧 다시 완전한 망각이라는 레테의 강으로 깊이 가라앉는다.

문학을 토론하는 자리에서 나는 입을 열기만 하면 뫼리케를 호프만슈탈과, 릴케를 휠덜린과, 베케트를 조이스와, 이탈로 칼비노를 이탈로 스베보와, 보들레르를 쇼팽과, 조르주 상드를 마담 드 스탈과 혼동하여 거의 매번 지독한 웃음거리가 되곤 한다. 어렴풋이 떠오르는 인용문을 찾으려면, 나는 며칠이고 책을 뒤적인다. 저자를 잊어버린 데다가 이 책 저 책 찾고 있는 동안 생면부지의 작가들이 써놓은 무슨 내용인지 모르는 글들 가운데서 헤매고, 결국에는 원래 무엇을 찾고 있었는지 잊어버리기 때문이다. 이렇게 혼란스러운 정신 상태로 어떤 책이 내 인생을 변화시켰느냐는 질문에 어떻게 감히 답변할 수 있겠는가? 그런 책이 전혀 없었다고? 모든 책이 다 그렇다고? 어떤 한 권의 책이라고? 나는 모른다.

그러나 혹시 — 스스로를 위안하기 위해 이렇게 생각해본다 — (인생에서처럼) 책을 읽을 때에도 인생 항로의 변경이나 돌연한 변화가 그리 멀리 있는 것은 아닐지도 모른다. 그보다 독서는 서서히 스며드는 활동일 수도 있다. 의식 깊이 빨려 들긴 하지만 눈에 띄지 않게 서서히 용해되기 때문에 과정을 몸으로 느낄 수 없을지도 모른다. 그러므로 문학의 건망증으로 고생하는 독자는 독서를 통해 변화하면서도, 독서하는 동안 자신이 변하고 있다는 것을 말해 줄 수 있는 두뇌의 비판 중추가 함께 변하기 때문에 그것을 깨닫지 못하는 것이다. 직접 글을 쓰는 사람에게 이 병은 축복, 거의 필수적인 조건일 수 있다. 그것은 위대한 문학 작품이 꼼짝하지 못하게 불어넣는 경외심 앞에서 그를 지켜 주고, 표절 문제도 복잡하지 않게 해준다. 그렇지 않다면 독창적인 것은 존재할 수 없을 것이다.

이것은 궁지에 몰려 만들어 낸 나태하고 무가치한 위안이라는 것을 나는 알고 있다. 그래서 이것에서 벗어나려 애써 본다. 〈너는 이 무서운 건망증에 굴복해서는 안 된다〉고 나는 생각한다. 있는 힘을 다해 레테의 물살을 버티어 내야 한다. 허둥지둥 글 속에 빠져들지 말고, 분명하고 비판적인 의식으로 그 위에 군림해서 발췌하고 메모하고 기억력 훈련을 쌓아야 한다. 한마디로 말해 〈너는〉, 여기에서 순간 저자와 표제는 생각나지 않지만 그 마지막 행은 불변의 도덕적인 명령으로서 결코 잊을 수 없이 기억에 깊이 아로새겨져 있는 유명한 시를 인용한다. 〈너는……〉 그 시는 말한다. 〈너는…… 해야…… 너는…… 해야…….〉

이렇게 어리석을 수가! 정확히 무엇이라고 쓰여 있었는지 잊어버린 것이다. 그러나 의미는 생생하게 뇌리에 남아 있기

때문에, 그다지 중요한 일은 아니다. 어쨌든 이런 내용이었다. 〈너는 네 삶을 변화시켜야 한다.〉

인생에 대한 심도 있는 성찰

파트리크 쥐스킨트는 『향수』를 필두로 『좀머 씨 이야기』, 『콘트라바스』 등이 소개되면서 어느덧 우리에게 친숙한 작가로 자리 잡았다. 사변적으로 전개되는 난해한 내용 때문에 독일 문학은 지루하고 어렵다는 통념의 벽을 깨고 우리에게 가까이 다가온 저변에는, 쥐스킨트의 뛰어난 문학성과 독자를 매료시키는 남다른 묘미가 숨어 있다.

무엇보다도 쥐스킨트의 글은 보통 사람들의 상상력을 뛰어넘는 독창적인 착상과 특이한 소재에서 출발한다. 자칫 현실감을 상실할 수 있는 이런 소재들이 황당해지지 않고 깊이 마음에 와 닿는 데는 두 가지 이유가 있다.

첫째로 쥐스킨트는 사건과 거리를 두고 객관적으로 정확하게 묘사하면서 긴장감 있게 사건을 전개시켜 독자는 부지중에 깊이 빨려 들어간다. 또한 우아하고 경쾌한 필치, 이야기를 엮어 나가는 그의 뛰어난 필력은 독자로 하여금 다른 생각을 할 여유를 주지 않는다. 두 번째로 그에게 문학은 삶의 제 문제를 밀도 있고 다각적으로 파헤치는 또 다른 삶의 무대라는 것이다. 다시 말해 그의 문학은 삶과 인간에 대한 깊은 성찰과 관조가 뒷받침되어 있다.

이와 같이 쥐스킨트의 글은 흥미를 자아내는 환상, 삶이란 무거운 주제를 경쾌하면서도 흥미진진하게 엮어 나가는 치밀한 문장력, 그리고 인생에 대한 성찰이 어우러져 독특하고 심도 있는 세계를 그려 낸다.

『깊이에의 강요』에 실린 세 편의 단편들은 분량은 짧지만, 쥐스킨트 문학의 묘미와 깊이를 십분 보여 준다.

「깊이에의 강요」는 한 젊은 화가를 소재로 하여 쥐스킨트가 즐겨 다루는 예술가의 문제를 묘사하고 있다. 이야기의 축은 자신의 예술에 깊이가 없다는 말을 듣고 번민하고 고뇌하다 죽음을 선택하는 예술가, 그녀의 작품에 깊이가 없다는 논평으로 본의 아니게 그녀를 죽음으로 몰고 간 어느 평론가, 두 사람이다. 평론가는 그녀의 죽음 후 관점을 180도 뒤집어, 그녀의 그림에는 삶을 깊이 파헤치고자 하는 열정, 〈깊이에의 강요〉를 읽을 수 있다는 글을 쓴다. 상황에 따라 너무도 쉽게 자신의 견해를 뒤집는 그의 일관성 없는 행동과 그런 그의 말 한마디로 자신감을 상실하고 죽음에 이르는 재능이 뛰어난 예술가, 이 웃지 못할 모순과 희극 앞에서 독자는 무거운 마음으로 씁쓸한 미소를 짓게 된다.

「승부」에서 두 명의 체스꾼을 중심으로 전개되는 이야기는 삶의 축소판이다. 삶과 사회의 규칙을 곧이곧대로 준수해 어느 정도의 것은 얻었지만, 현재의 나를 지키기 위해 늘 전전긍긍하는 늙은 체스의 고수 장, 인습을 과감하게 무시하고 결과에 연연하지 않고서 정열적으로 용기 있게 돌진하는 젊은 도전자. 그리고 장처럼 확실하게 무엇을 이룬 것도 아니면서, 젊은 도전자처럼 과감하게 뛰어들 수 있는 뱃심도 없는 나머지 구경꾼들. 그들은 마음 한구석에 젊은 도전자와 같은 욕망을 지니고는 있지만 실행에 옮길 용기가 없어 욕망을 억누르고 살아가는 소시민들이다. 승부가 결정 나고 머쓱한 표정으로 체스판을 떠나 아무 일도 없었다는 듯이 돌아서는 구경꾼들의 모습이 왠지 낯설지 않게 느껴지면서 연민이 이는 것은, 삶에 짓눌려 욕망을 억누르고 하루하루 연명해 가는 우리 현대인들의 뒷모습이 연상되기 때문일 것이다. 그렇기 때문에 독자는 직접 구경꾼 중의 한 명이 되어 게임에 몰입하게 되고 승부의 결과를 초조한 마음으로 기다린다. 물론 이러한 생생한 현실감은 작가의 뛰어난 묘사력 때문이기도 하다. 작가는 간결하고 함축적인 문장을 맵시 있게 극적으로 엮어 가, 글을 읽는 독자는 마치 한 편의 연극을 보고 있는 듯한 느낌을 받게 된다.

주인공과 시대 배경이 쥐스킨트의 대표작 『향수』를 떠올리게 하는(같은 18세기를 배경으로 하고 있고, 향수 제조업자와 보석 세공사로 주인공들의 직업이 유사하다) 세 번째 이야기「장인 뮈사르의 유언」은 세계와 인간이 점점 돌조개로 변화하고 있다는 독창적이고 기발한 착상을 토대로 하고 있다. 삶에 짓눌려 내면의 아름다움과 감수성을 상실해 가는 인간의 모습이 생명은 있으되 무감각하고 냉혹한 돌조개를 통해 상징적으로 묘사된다. 자신의 내면에서 격리되고 따스한 감수성을 상실하여 비인간적으로 살아가는 인간은 딱딱하게 굳어 버린 돌조개와 다름이 없다. 그러나 삶과 자신에 대한 성찰 없이 살아가는 대부분의 사람들은 그것을 전혀 의식하지 못한다. 삶의 비밀을 알아낸 대가로 처참한 죽음을 맞이하는 주인공 뮈사르는 프란츠 카프카의 소설『변신』에 나오는 그레고어 잠자를 연상시킨다. 잠자는 현대 사회가 내적으로 사물화, 비인간화의 길을 걷고 있다는 것을 인식한 후 흉측한 독충으로 변신하여 죽음에 이른다. 삶의 비밀을 인식한 사람은 비인간화를 거부하기 때문에, 사회에서 축출당하고 결국 그 형벌로 남들보다 더 잔인한 죽음을 맞이하는 것이다.

언뜻 전혀 다른 내용인 것처럼 보이지만, 세 편의 이야기는 삶과 인간이라는 공통의 주제를 중심으로 하나의 원을 그리고 있다. 〈삶〉이란 중심축을 각기 다른 방향에서 조명하면서, 독자로 하여금 삶에 대해 한 번쯤 사고하도록 유도하는 신랄한 기지가 엿보인다. 그러나 작가는 버겁게 여겨질 수 있는 주제를 우아한 필치를 통해 부드럽게 감싸, 읽는 이의 마음에 깊은 여운을 남긴다.

에세이 「문학의 건망증」에서 쥐스킨트는 직접 글을 읽고 쓰는 사람으로서 문학의 근본적인 문제점을 지적하고 있다. 문학 작품과 우리의 삶은 어떠한 함수 관계에 있으며, 삶은 문학에 어떤 영향을 미치는 것일까? 무엇을 읽든지 그 내용이 뇌리에서 깡그리 사라져 우리의 삶에 전혀 흔적을 남기지 않는 것일까? 아니면 삶을 일거에 변화시키지는 않을지라도 무의식에 남아 삶에 면면히 영향을 미치는 것일까? 누구도 간단히 답변할 수 없는 이 문제는 문학이 갖는 의의의 문제와 맞물려 있다.

끝으로 이 자리를 빌려 이 책이 빛을 볼 수 있도록 수고를 아끼지 않은 열린책들의 홍지웅 사장님과 편집부 여러분들의 노고에 심심한 감사의 말을 전한다.

지은이 **파트리크 쥐스킨트** 전 세계적인 성공에도 아랑곳없이 모든 문학상 수상과 인터뷰를 거절하고 사진 찍히는 일조차 피하는 기이한 은둔자이자 언어의 연금술사. 소설가 파트리크 쥐스킨트는 1949년 뮌헨에서 태어나 암바흐에서 성장했고 뮌헨 대학과 엑상프로방스 대학에서 역사학을 공부했다. 어느 예술가의 고뇌로 가득한 모노드라마 『콘트라바스』와 평생을 죽음 앞에서 도망치는 기묘한 인물을 그려 낸 『좀머 씨 이야기』 그리고 2천만 부의 판매 부수를 기록하며 유례없는 성공을 거둔 『향수』 등으로 알려졌다. 단편집 『깊이에의 강요』에서는 예술적 깊이에 대한 집착과 생에 관한 문제를 이야기하는 표제작을 비롯해 대결 세계의 허를 찌르는 「승부」, 닫힌 세상을 살아가는 지혜를 주는 「장인 뮈사르의 유언」 등을 묶었다.

옮긴이 **김인순** 고려대학교 독문과를 졸업한 후 독일 카를스루에 대학에서 수학했으며 고려대학교 독문과에서 박사 학위를 받았다. 현재 고려대학교와 중앙대학교에서 독일 및 유럽 문화와 문학에 대해 가르치고 있다. 옮긴 책으로 『꿈의 해석』, 『파우스트』, 『저지대』, 『슈틸러』, 『꿈의 책』, 『책에 바침』 등이 있다.

깊이에의 강요

발행일	1996년 5월 20일 초판 1쇄
	1999년 4월 15일 초판 17쇄
	2000년 2월 20일 2판 1쇄
	2020년 2월 1일 2판 53쇄
	2020년 4월 20일 신판 1쇄
	2024년 6월 20일 신판 11쇄

지은이	파트리크 쥐스킨트
옮긴이	김인순
발행인	홍예빈 · 홍유진
발행처	주식회사 열린책들

경기도 파주시 문발로 253 파주출판도시
전화 031-955-4000 팩스 031-955-4004
www.openbooks.co.kr

Copyright (C) 주식회사 열린책들, 1996, 2020, *Printed in Korea.*
ISBN 978-89-329-2023-8 03850